현대시조 산책

이우걸 지음

2000년대 이후 한국 현대시조를 이끌어갈 59人   이우걸 지음

현대시조 산책

시인동네

현대시조가 출발한 지 어언 백여 년이 되었다. 그동안 많은 분들의 노력으로 한국문학사에서 시조의 역할을 인정하지 않을 수 없는 시기에 와 있다고 생각된다. 그럼에도 불구하고 일선에서 시대의식과 서정성의 조화를 통해 좋은 시조를 쓰기 위해 노력하는 시조시인들의 우수한 작품을 널리 읽을 수 있는 지면을 마련하는 것이 아직도 필요하다고 필자는 느껴왔다.

그런 가운데 웹진《공정한 시인의 사회》에서〈현대시조 산책〉이란 이름으로 2000년대 이후에 등단한 시조시인들의 작품을 소개하는 기회를 가졌다. 따라서 이 책에 실린 글들은 그 연재물을 엮은 것이다. 시조시단의 위치에서 보면 비교적 젊은 시인들의 작품이라 할 수 있다. 그러나 이 연대의 중요한 시조시인들의 작품을 다 소개하진 못했으리라 생각한다. 그런 시인들에게 미안한 마음 전한다. 나의 우둔함과 게으름 탓이다.

아울러 이 책이 널리 읽혀져서 현대시조의 오늘을 이해하는 좋은 계기가 되길 바란다. 흔쾌히 이 책을 내준 시인동네, 그리고 이 글을 연재해준 류미야 시인 그리고 늘 나의 글을 정리해주는 임성구, 정희경 시인에게 빚진 마음 여기 기록해놓고 싶다.

2019년 8월

이우걸

차례

제2부

■ 수록 시인 약력

현 대

시 조

산 책

제1부

구두 / 이태순

등불을 찾아다닌 허기진 빈 배였다

벗어놓은 동굴이 축축하고 검고 깊다

조인 끈 풀어주던 봄

봄날의 강이 있다

어디서 밟았을까 꽃잎이 말라붙은

껍질은 껍질끼리 허물을 덮어가며

슬픔을 껴안아준다

빈 배 한 척 빈 배 두 척

—《시와표현》 2017년 3월호

좋은 시조는 어떤 시조일까? 우리가 놓치고 있는 의미 있는 발견을 통해 안 보이는 사물의 질서를 보여주는 시조, 표현이 세련되어서 두고두고 다시 읽고 싶은 시조, 대상을 새롭게 바라보아서 우리의 평상적 생각과 다른 상상력을 보여주는 시조, 시적 형식이 작품을 억압하기보다 좋은 시로 읽히게 하는 데 기여하고 있는 시조가 아닐까.

이런 작품을 찾아내는 것이 쉽지는 않다. 어쩌면 모든 면에서 좋은 시조의 요건을 다 충족시키기란 사실 불가능할지도 모른다. 여러 요건들 중에서 어느 한 면만이라도 충족시킨다면 괜찮겠다는 생각으로 작품을 읽었다.

이태순 시인의 「구두」는 돋보였다. 그에게 구두는 배였다. 생활 전선을 떠도는 배였다. 수많은 고통을 감내하고 자신을 찾아 헤매야 하는 '허기진 빈 배'였다. 누구나 삶의 도정엔 '봄날의 강'을 만나기도 하고 꽃을 밟는 과오를 범하기도 한다. 이 작품의 두 번째 수가 자기성찰에 초점을 두면서 스스로의 위안도 곁들인 격조 있는 그림으로 짜인 까닭이기도 하다. 무리 없는 비유와 그지없는 사랑의 가락으로 뽑아낸 적절한 현실 사생의 가작이다.

꽃번지 / 이명숙

꽃이라 말할거나 상품이라 할거나
청량리 588번지 골목길 돌아들면
초여름 빗줄기 잡고 호객하는 줄장미

무작정 흘러들어 뿌리내린 이 거리
별을 세듯 돈이나 실컷 세어보자고
진열장 불빛 걸치고 탁발하는 한 끼니

가끔 아주 가끔은 굶주린 사내처럼
나도 맘에 꼭 드는 상품 하나 고를거나
이런 밤 내 몸에서도 밤꽃 냄새 필거나

—《공정한 시인의 사회》2017년 3월호

■ ■ ■ ■ ■

　소재가 특이하다. 물론 이런 소재로 시조를 쓴 최초의 작품은 아니지만 흔하지는 않다. 시조에서 격조나 품격은 오래 이어온 묵시적 전통이었다. 그러나 지금은 반드시 그렇지도 않다. 금기의 영역에 삽질을 해서 시적 미학을 구축해내고자 하는 개성적인 시인들이 많아졌기 때문이다. 하지만 중요한 것은 얼마나 읽히는 시조를 완성해내는가이다. 그런 면에서 이 시조는 성과를 거두고 있다. 이런 단정을 가능케 하는 이 작품의 장점은 크게 두 가지이다. 한 가지는 운문성의 묘미이고, 또 한 가지는 표현의 신선감이다.

　이 작품은 시조 고유의 가락에 충실하면서 적극적으로 운율감을 고조시키려 한다. 그런 노력의 일환으로 특히 주목되는 점은 반복법이다.

　표현의 참신함도 어느 한 구절에 국한된 것은 아니지만 종장이 특히 빛나고 있다. "초여름 빗줄기 잡고 호객하는 줄장미", "진열장 불빛 걸치고 탁발하는 한 끼니", "이런 밤 내 몸에서도 밤꽃 냄새 필 거나"와 같은 표현은 대상과의 거리가 적절하면서도 사실적 또는 도발적이다. 그런 까닭에 이 시조는 어두운 현실을 그려 보이지만 칙칙하고 탁하게 느껴지지 않는다. 삶의 이면에 있는 더 깊은 어두움은 독자가 느낄 여운이다.

나팔꽃 꽃씨 / 선안영

이윽고 흘러갔어도 끝끝내 나는 가네
비닐봉지 휘적휘적 찬바람에 날리듯
살아서 빈 깡통처럼
먼지처럼 찾아가네

불 켜진 너의 창가 눈앞이 흐려지고
모가 다 닳은 까만 씨를 언 땅에 꽝꽝 묻네
키워온 눈덩이 같은
한 마디도 마저 묻네

닫혔던 문과 창들 첩첩이 활짝 열리면
물음표 닮은 움과 심장을 닮은 잎잎들
상처의 밑바닥에서
봄날을 건져 오겠네

—《정형시학》2017년 봄호

■ ■ ■ ■ ■

아름다운 연시다. 문득 조선 여성 시조시인들의 작품이 먼저 떠오른다. 그들은 사대부들과 달리 유교적 도덕관을 넘어서 솔직하고 절실한 남녀의 애정을 수평적 거리에서 노래했다. 우리말의 가락으로 불렸던 그 노래의 전통은 개선할 것이 아니라 온전히 우리가 안아 다시 꽃피워야 한다. 지금은 오히려 그런 모습을 독자들은 보고 싶어 한다. 「나팔꽃 꽃씨」는 그런 기대에 부응하는 작품이다.

첫 수에 보이는 내용들은 정작 제재로 선택한 나팔꽃과는 무관한 심상 풍경이다. 그 풍경들은 대답 없는 사랑을 희구하며 헤매는, 깡통같이 먼지같이 피폐한 화자의 모습이다. 둘째 수에서는 나팔꽃 꽃씨를 그의 오래된 사랑의 상징으로 제시하고 있다. 사랑하는 이의 꺼지지 않은 창의 불빛을 바라보며 너무 오래되어 다 닳아가는, 그러나 아직도 간직하고 있는 사랑의 씨를 언 땅에 묻는다. 회의와 절망의 행동이지만 그 속에는 사랑의 마그마가 있다. 셋째 수에서 확인되는 바와 같이 화자는 끝내 희망을 버리지 못하고 있다. "움"(갈등)과 "잎"(사랑)의 혼재 속에서 그 "상처"를 딛고 다시 태어날 봄날을 기다리고 있기 때문이다.

독특한 파토스와 페이소스가 깔려 있는 이 작품에서 다소 거친 그의 비유들이 더 실감 있게 다가오는 것은 이 시대 사랑의 고통을 잘 대변해 주기 때문이 아닐까.

첼로 / 김미정

감싸듯
그 깊은 곳

한 올 한 올
자아올려

저 굵고 낮은음자리

숨죽어 무릎 세우고

무반주
선율에 기대어

거울지는
달
빛
변
주

—《서정과현실》 2017년 상반기호

세상은 늘 소란스럽기는 하지만 요즈음은 유난스레 그렇다. 그런 소란스러움을 밀어내며 이 작품 곁에 앉는다. 첼로를 노래하는 시조다. 모던한 기법으로 다소 난해하고 독특하게 그려진, 작고한 김영태 시인의 시 「첼로」가 떠오른다. 첼로는 인간의 목소리와 가장 닮은 악기이고, 연주자가 연주할 때 가장 편안한 악기이다.

이 작품에서 화자는 바흐의 '무반주 첼로 모음곡'을 듣고 있다. 이 곡은 연주자의 다양한 해석이 가능한 곡이다. 그만큼 상상력의 공간이 열려 있다고 볼 수 있다. 그것이 이 작품에서도 연상작용을 한다.

시인은 전통과 보수의 색채가 짙은 첼로의 전아한 아름다움을 음감과 연주의 모습에서 찾아내고 있다. 온유한 저음의 선율, 무릎을 세우고 숨죽여 연주하는 경건한 연주자의 모습, 그리고 달빛으로 변주되는 한없이 아름답고 승화된 분위기가 그것을 증명하고 있다. 그 무언의 적막함, 숨소리마저 조심스러운 사유의 공간을 마련하기 위해 시행들은 섬세하게 나누어져 있다. 얼른 보면 빈 듯하고 다시 바라보면 가득 찬 서정시의 단아한 향기를 시조 「첼로」가 연주하고 있다.

오송역 가락국수 / 정용국

차표를 움켜쥔 채 서둘러 밀어 넣는
아쉬운 이 허기는 왜 이리 싱거울까
잠시 후 돌아서야 하는 꿈결 같은 저물녘

따듯한 웃음으로 뭉긋이 가려 보고
달뜬 마음 험한 길도 살포시 딛으라며
동짓달 초저녁달이 빙긋 웃고 가시네

국물 맛은 담아 가고 그리움은 두고 가지
이승은 플랫폼에 비껴가는 낯선 길목
달그락 수저 놓는 소리 젖은 눈이 감긴다

—《오늘의시조》 2017년 11호

각박한 우리 삶의 만남과 이별에 대한 스케치다. 차표를 쥐고 가락국수를 먹어본 사람은 안다. 맛은 고려 사항이 아니라는 것을. 그래서 싱겁다는 투정도 허전한 마음의 표현일 뿐이다. 이렇게 짧은 시간이라도 만들어서 그들은 오송역에서 달뜬 마음으로 얼굴을 마주하고 싶었을 것이다. 그런 풍경 속에 시인은 동짓달 초저녁달을 그려놓았다. 다분히 장식적이지만 어색하게 보이지 않는다. 일종의 여유이고 또 제3의 시각이기 때문이다.

달은 가파른 삶을 사는 그들을 애정 어린 눈으로 염려하고 걱정한다. 곧 그들은 각각 다른 길을 찾아 헤어져야 한다. 그래서 수저를 놓는다는 것은 젖은 눈을 잠시 감아야 하는 이별의 시간임을 의미한다. 슬프고 아름답다.

이 시조는 분명 시간의 억압으로부터 자유롭지 못한 생활인의 애수를 노래하고 있지만, 비루한 우리 삶의 고발이기보다는 온기 있고 정겨운 청춘의 한 풍속도로 읽힌다. 아쉽지만 이런 만남에 대한 그들의 시선은 긍정적이며, 그런 아쉬움 때문에 더 애틋하고 열정적이어서 그들은 다음 주에도 오송역에서 만날 것 같은 생각이 든다. 디지털 시대를 지배하고 있는 스피드라는 폭군에 대한 경고도 아울러 담으면서 일상에 대한 섬세한 관찰을 과장 없이 그려낸 호소력 있는 작품이다.

무위사 / 이화우

한잠 자고 나면 동백은 지고 있겠지

후드득 후렴처럼 해는 이미 넘어가고

일없는 현수막 같은 집이 간간 펄럭인다

일찍 지는 꽃 사이로 서럽게 울던 새가

증발하는 향기를 산그늘에 덧댄 하루

담백한 산벚나무가 여백으로 들앉는다

―시집 『하닥』(책만드는집, 2017)

■ ■ ■ ■ ■

무위사는 무위사일 뿐이다. 무위사는 어느 절의 이름일 뿐이다. 그러나 이 절의 이름을 불러보는 순간 무위사는 그냥 무위사가 아니다.

무위사란 이름이 우리에게 환기시키는 적지 않은 아우라가 있다. 적어도 그곳에는 우리를 옥죄는 시계가 없을 것 같고, 어떤 규칙에도 얽매이지 않는 삶이 개울물처럼 흘러가고 있을 것 같다. 누구의 간섭 없이도 존재할 수 있을 것 같다. 물론 그런 선입감은 도교에서 가장 중시되는 행동 원리로서의 "무위"가 주는 강한 인상 때문이겠지만 이 작품이 오롯이 그런 분위기를 잘 담고 있다.

"후렴처럼"이나 "일없는 현수막 같은 집"은 한유한 시간을 드러내는 데 효과적인 장치들이다. 우연히 쓰인 시구가 아니다. 간결한 묘사 같지만 이 이미지들이 독자들의 상상 세계를 풍요롭게 자극한다. 또 첫 수에서 "현수막 같은 집"처럼 둘째 수에서도 "서럽게 우는 새"를 등장시켜 약간 비가의 색조를 띄고 있다.

나는 무위사를 가본 적이 없다. 그래서 이 시조가 더 인상적으로 읽히는지 모르겠다. 조형적 미감이나 안 보이게 메시지를 담아내는 기술이나 여운의 깊이 등에서 단연 빛나는 작품이다.

양말 트럭 / 최성아

멈춰 선 차바퀴에 낙엽만 들락대는
퇴근길 가장자리 발들이 묶여 있다
포장을 풀어놓으면 갈래갈래 피어날 꿈

문턱을 넘어야 하는 걸음이 돌고 있다
발 디딜 터 고르는 취준생 어깨 너머
즐비한 생의 무늬가 삭바람에 매달린다

어디든 달리고픈 낙엽 닮은 이력 위로
포개진 시간 따라 길을 꾸리고 있는
눈높이 자꾸 낮춘다
열 켤레에 오천 원

―《좋은시조》 2017년 봄호

가끔 길거리에서 양말 트럭을 본 적이 있다. 어떻게 수지를 맞추는지 알 길이 없는 그 덤핑 세일 트럭을 에워싸고 사람들은 흥정을 한다. 무심히 그냥 지나치기도 하지만 흔히 볼 수 있는 일상적 삶의 풍경이다. 시인은 묶여 있는 양말 더미에서 우리 사회에 짙게 드리우고 있는 심각한 청년 실업의 그늘을 읽어낸다. 어쩌면 무거운 일상의 현실 앞에서 시인으로서 자연스런 발상이라 할 수도 있지만, 조금만 더 자세히 들여다보면 섬세한 관찰력으로 빚어낸 진솔한 풍경이 아닐 수 없다. 길을 찾지 못한 발들, 눈높이를 낮춰도 앞이 안 보이는 "낙엽 닮은" 이력서들, 포장을 풀어 저마다 제 갈 길을 가게 한다면 여러 가지 꿈을 이룰 양말들 혹은 그 양말의 주인들……. 오늘날 우리 모두가 함께 고민하고 풀어야 할 현실의 당면과제를 다시금 환기시키는 이 작품의 중의적 메시지에 우리가 쉽게 동의하고 공감하는 이유는 무엇일까? 시를 계량하는 가장 중요한 척도가 진실이기 때문이 아닐까?

안국사 / 황영숙

상처도 곱게 아문 툇마루 골을 따라

다 닳은 승복 한 벌 허물처럼 벗어놓고

스님은 어디로 가셨나

반쯤 열린 적막 한 채

'기다림이 발효지요, 발효가 곧 성불이지요'

그 말씀 그 뜻대로 익어가는 골짜기

해종일 장독만 닦는

불두화가 사는 집

—《서정과현실》 2017년 상반기호

■ ■ ■ ■ ■

고요하고 여운 가득한 산사의 풍경이다. 신심 깊은 어느 보살님이 정성을 다 바쳐 그린 선화(禪畵) 한 폭 같다. 언어는 한없이 절제되어 있고, 주관적 정서를 온축한 채 모든 시간들이 오로지 발효를 향해 익어가고 있다. 발효의 시간은 물론 성불에 이르는 통과의례이다. 기다림의 발효가 성불로 완성될 때, 그때 뒤돌아보는 세속이란 탐욕과 아집으로 아물지 않는 상처를 안고 사는 곳이며, 허물처럼 벗어버려야 할 부질없는 집착의 세계이며, 좌절과 분노의 늪에서 헤어나지 못하는 고뇌와 번민의 처소일 뿐이다.

명상과 성찰 그리고 불성으로 충만한 무욕에의 몰입을 위해서 불두화를 바라보며 장독을 닦는 모습이야말로 얼마나 성스럽고 아름다운가.

봄비 소리를 들으며 나는 이 시조를 잘 닦인 장독을 보듯 하염없이 하염없이 바라본다.

김밥 / 백점례

밥을 먹는 일이란
목 메이는 일이다

꾹꾹 말아 숨겨도
툭 터지는 속내를

캄캄한
미궁 속으로 미어지게 밀어 넣고

형형색색 씹어본
짠맛 또는 고소한 맛

삼길수록
갈증이 깊어지는 건기의 혀

또 하루 미립을 찾아
다부지게 씹는 중

—《나래시조》 2017년 봄호

밥을 먹는 일이란 목숨을 경영하는 일이다. 그래서 쉽게 목이 멘다. 산업이 발달하고 세상이 풍요로워졌다고 믿는 지금도 늘 밥이 부족하고 고르지 않아서 사람들은 싸운다. 얼른 생각해도 노숙자, 가난한 독거노인, 실업자들은 눈앞의 밥그릇이 없거나 부족해서 병들어가는 사람들이다.

여기서 제목으로 취한 김밥은 간편한 식사 메뉴다. 노년층에겐 오히려 정겨운 추억이 있는 나들이용 음식이다. 그러나 오늘날에 와선 초라한 현실의 투사일 수 있다. 이 작품에서는 후자의 느낌으로 읽힌다. 김밥을 통해 생의 희로애락을 반추한다. 그리고 "삼킬수록 /갈증이 깊어지는 건기의" 현실을 인식하며, 재기의 칼날을 갈듯 "또 하루 미립을 찾"게 되는 것이다. '미립'이란 시어가 여기선 중의적 의미를 지닌다. 쌀알을 말함과 동시에 경험을 통해 얻는 이치를 말하고 있기 때문이다.

「김밥」은 일상에서 길어 올린 현실의 음영을 진솔하게 옮겨 부르는 노래다. 그 노래는 "건기의 혀"를 가진 우리 모두의 가슴에 파도가 되어 목마름이 되어 되살아난다.

바람의 내력 / 한분옥

윤사월 무논에 물 찬 듯 출렁대고
바람 부는 쪽으로 뒤집힐 듯 넘실대던
몸 밖에 터져 나오는 소리
돌로는 다 못 누를 것

목울대 걸리기나 한 허리 베어 물거나
횃대에 옷 건 일도 모른다면 모를 일을
감기는 회오리 끝에
그믐달만 여윈다

—《시와표현》 2017년 6월호

시인은 욕망의 억압에 저항하는 몸부림을 농경문화의 언어로 노래한다. 제어하기 힘든 들끓는 리비도의 세계를 첫 수가 열어놓고, 그 가열한 분위기는 둘째 수에 와서 절정을 이룬다. 그리고 그 절정은 "감기는 회오리 끝에/그믐달만 여윈다"라는 수일(秀逸)한 이미지의 시구로 마무리한다. 물론 작품은 이렇게 단정한 두 수로 끝나지만, 독자의 감동은 작품처럼 짧고 단정하게 끝나지 않는다. 시종 이어지는 시적 긴장과 주체할 수 없는 욕망의 몸부림 그리고 오래 남는 정념의 여운 때문이다.

이 시인은 이제 이러한 시풍을 빚어내는 시법을 발견해낸 듯하다. 그의 어느 작품에서도 육감적이고 관능적인 동시에 저항적인 그만의 색채를 일관되게 보여주고 있다. 여성적인 목소리지만 그 어떤 제도와 관습의 테두리에도 구속되기를 거부하는 자유 지향의 시적 미학이 그만의 독자적인 시적 영토를 구축하기 위해 서서히 진화해 가고 있다는 느낌이 든다. 토속적 취향의 언어로 인생을 그려내는 페미니스트로서의 그의 매력이 완숙의 경지에 도달하게 될 때, 그는 한국 시조시단의 또 하나의 개성으로 자리할 것이라고 확신한다.

잔도공* / 김주경

아득한 저 하늘이 전장이고 침실이다

그림자도 오지 않는 적막한 허공에서

믿을 건 겹겹이 엎드린 바람과 구름뿐

흔들리는 삶은 늘 벼랑 쪽으로 기울고

발아래엔 무성하게 자라나는 크레바스

가난은 두려움을 건너는 유일한 징검돌이다

새로운 길 하나가 무르익을 때까지

날 선 땡볕들은 허공을 발라내고

마침내 휘어지는 여윈 등, 날개가 수습된다

---

*잔도공: 일반 사람들이 쉽게 접근하기 힘든 가파른 절벽에 길을 만드는 사람.

—《공정한시인의사회》 2017년 6월호

이 시조를 보는 순간 연전에 다녀온 장가계의 아슬아슬한 비탈길이 떠올랐다. 세상에는 아직도 목숨을 부지하기 위해 바로 그 목숨을 걸고 매일매일 걸어가야 하는 사람들이 있다. 그 사건을 잊지 않고 있는 나에게 이 작품은 독특하고 감동적으로 다가온다. 독특하다는 것은 소재의 희귀함에서 오는 느낌이고 감동적이라는 것은 세상의 고통을 자기의 고통으로 안아 시를 빚어내는 시인의 따스한 정감 때문일 것이다.

시인은 절벽을 따라 1.5m 내외의 길을 만드는 노동자인 잔도공의 지난한 삶을 섬세하고 리얼하게 그리고 있다. 첫 수에서는 잔도공의 고난을 그리고 있고 둘째 수에서는 잔도공의 불우한 삶을, 셋째 수에서는 초인적 힘을 쏟아 마침내 이루게 되는 길의 완성을 노래하고 있다.

지나친 비약도 도에 넘친 분장술도 없다. 절제와 균형의 미학과 구체성에 기초한 관찰과 묘사가 시종일관 팽팽한 긴장을 견인하고 있을 뿐이다. 잔도공의 가파른 삶의 노래가 이렇게 우리의 감동을 얻어낼 수 있는 것은 세상의 수면 아래 놓인 그림자를 호출해내는 시인의 능력 때문이기도 하지만 어쩌면 우리 모두가 잔도공의 삶처럼 거칠고 힘든 하루하루를 살아가고 있기 때문인지도 모르겠다.

두부는 반듯하다 / 박성민

실업의 맷돌에서 흘러나온 청년들
한 평 반 고시원에서 밑줄 긋고 공부하다
반듯한 두부 한 모로
웅크리고 누웠다

고단백 스펙으로 뭉쳐진 것 같지만
물컹하고 여린 살들, 만지면 으깨진다
날마다 의자에 앉아
이력서 작성한다

콩가루가 다 되어 몰락한 집안인가
비지를 버리고 젊음마저 잘라내면
칼날이 청년의 꿈을
관통하고 지나간다

—《문학의식》 2017년 여름호

오브제인 두부를 통해 취업 준비생 청년의 모습을 겹쳐 읽고 그 정경을 절실하게 노래하고 있다. 참신한 발상과 세밀한 관찰력의 산물이다. 이런 경우 일차적으로 두부의 관련 속성을 효과적으로 그려 내지 못하고 섣불리 취업 준비생과 연결시키면 관념적인 말장난에 그치고 만다. 그만큼 쉽지 않은 어사(語辭)의 동원 전략이 요구된다. 그런 면에서 '반듯한 두부', '으깨지'기 쉬운 '여린 살', '칼날'의 '관통' 등의 표현은 두 대상을 유기적으로 일체화하는 데 크게 기여한다.

이 작품이 펼쳐 보이는 세태의 풍경은 참으로 비감하지만 과장된 현실도 아니다. 청년 실업이 바로 우리가 직면하고 있는 오늘의 현실이기 때문이다.

박성민의 시조는 비교적 메시지가 강한 편이다. 이런 경우 집중력을 보일 수 있고 언제나 당당한 현실 반영이라는 강점을 지닐 수 있다는 점에서 그의 시조의 특징이 되고 있다.

외눈 / 이송희

한쪽 눈을 잃고서야
양쪽 눈을 얻었다

한쪽만 바라보고
한쪽으로만 걸었던

외골수 외길의 시간
외롭고도 더딘 길들

흑백의 담장 앞에서 밀고 당기며 새던 밤
앞에서 달려오던 그의 말을 자르던
편견의 깊은 동굴 속
뼈아픈 밤의 소리

이제 나는 외눈으로 내 깊숙한 곳을 본다
한쪽 눈에 담겨지는 더 넓은 들판을
너와 나, 우리 사이를
가로지르는 말의 세계

—《한국동서문학》 2017년 여름호

화자는 "한쪽 눈을 잃고서야/양쪽 눈을 얻었다"고 말한다. 양쪽 눈을 가졌을 때 오히려 "한쪽만 바라보고/한쪽으로만 걸었"음을 고백한다. 수사적 전략일까, 진정한 내면의 외침일까. 그 양쪽 즉, 이기의 눈과 이타의 눈이 갈등하던 혼돈의 눈이 바라본 것은 "편견의 깊은 동굴 속"이고 "뼈아픈 밤의 소리"였다고 다시 고백한다. 그리고 외눈의 세계야말로 "너와 나, 우리 사이를/가로지르는 말의 세계"임을 제시하며, "편견" 없는 진정한 소통이 행복의 조건임을 자각한다.

　베이컨의 우상론을 떠올리게 하는 이 시조는, 그러나 공소한 철학적 관념이 아니라 절박한 우리 사회의 한 단면과 맞닿아 있는 절규와 같다. 정파의 이해관계에 매몰된 사고, 지역색에 매몰된 사고, 또는 노사의 이해관계에 매몰된 사고 등 많은 편견의 그림자가 득실거리는 우리 사회에서 시인은 외눈이 소통의 눈이고 행복을 여는 눈이라고 말하는 것은 아닐까. 그렇다면 그 외눈이란 무엇일까. 어쩌면 그것은 적극적으로 이타의 편에 선 눈이고 따라서 역지사지의 눈이 아닐까. 편견의 극복으로부터 진정한 자유와 평화의 세계를 확보할 수 있다는 사실을 이 작품은 노래해준다. 개인의 체험과 철학적 세계관이 어우러져 빚어진 가볍지 않은 시조다.

겹겹 / 서성자

한 시인이 품에서 치자꽃을 꺼내며

첫사랑 냄새가 나 시가 올 듯하다는데

어쩌나 시들한 향이 몰래 잊은 사랑 같아

포개져 아린 마음 한 잎 한 잎 피는 밤

겹꽃보다 홑잎의 짙은 향이 슬퍼서

둘인 듯 홀로 가야 할 생의 시린 발목이여

살내를 먹고 사는 짐승의 책무로

묵은 살갗에 닿는 굽은 등을 쓸어줄 것

이울어 깊은 밤들을 구불구불 넘어갈 것

—《공정한시인의사회》 2017년 8월호

■ ■ ■ ■

사랑시다. 그러나 그 흔한 상업적 전략의 연시처럼 과장도 소녀 취향의 의도적인 꾸밈도 없다. 맑고 자연스러운 그림이다. 치자꽃과 시, 시들한 향과 잊은 사랑, 포개진 아린 마음과 한 잎 한 잎 다시 피어나는 밤, 홑잎과 홀로 가야 할 생의 시린 발목 등의 연결은 솜씨 있는 여인의 바느질처럼 아기자기하고 빈틈이 없다. 그리고 화자 스스로의 다짐인 듯 굽은 등을 쓸어주고 밤을 구불구불하게 넘어가려 한다. 그것이 살내를 먹고 사는 짐승의 책무라고 단언한다. 둘인 듯 홀로 가야 할 생은 우리 모두의 책무로 본능의 다른 표현이거나 아니면 인내의 몸부림을 이르는 말일 것이다.

섬세한 표현, 자연스러운 짜임새, 유려한 우리말의 향기가 사랑의 순정성과 고통을 격조 있게 그리는 데 기여하고 있다.

쑥, 뿌리 / 유헌

경쾌한 왈츠가 무대에 깔린다 초봄의 환희가 객석을 휩쓸
고 있다 휘감은 근육을 풀고 춤추는 발레리나

—《한국동서문학》(2018년 여름호)

쑥은 흔히 구황식물로도 쓰이고 민간의학에서 약용으로 활용하기도 하는 식물이다. 봄이면 우리나라 산천 어디에서나 볼 수 있는 번식력 왕성한 다년생 식물이어서 흔히 민초들의 모습으로 은유되기도 한다. 이 작품에서는 들판에 번지고 있는 초록의 물결 아래 땅속 뿌리의 모습을 상상하며 약동하는 봄의 생명력을 노래하고 있다. 마치 단거리 선수의 출발 직전 모습이랄까. 지상의 봄기운에 힘차게 근육을 풀고 솟구쳐 올라 춤을 추기 시작하는 발레리나, 그 환희의 광경이 절실하고 아름답다. 이색적이다. 활달한 은유, 모던하면서도 군더더기 없는 힘찬 봄의 찬가다.

촉지도(觸地圖)를 읽다 / 유종인

휠체어 리프트가 선반처럼 올라간 뒤
역 계단 손잡이를 가만히 잡아본다
사마귀 그 점자들이 철판 위에 돋아 있다

사라진 시신경을 손끝에 모은 사람들,
입동(立冬) 근처 허공중엔 첫눈마저 들끓어서
사라진 하늘의 깊이를 맨얼굴로 읽고 있다

귀청이 찢어지듯 하행선 열차 소리,
가슴 저 밑바닥에 깔려 있는 기억의 레일
누군가 밟고 오려고 귓불이 자꾸 붉어진다

나무는 죽을 때까지 땅속을 더듬어가고
쉼 없이 꺾이는 길을 허방처럼 담은 세상,
죄 앞에 눈 못 뜬 날을 철필(鐵筆)로나 적어볼까

내 안에 읽지 못한 요철(凹凸) 덩어리 하나 있어
눈귀가 밝던 나도 소스라치게 놀라는 몸,
어머니 무덤마저도 통점(痛點)의 지도(地圖)였다.

—2003년《동아일보》신춘문예에 당선작

독자들은 현대시조가 어떤 특징을 갖길 바라고 있을까? 독자의 취향에 따라 그 주문은 다를 수 있다. 그러나 나는 이런 기회가 있을 때마다 몇 가지 체크리스트를 가지고 작품을 대하곤 한다. 그 첫째는 젊은 시조이길 바란다. 두 번째로는 개성적인 시조이길 바란다. 세 번째로는 무난한 완제품보다는 흠이 보여도 가능성이 많은 작품을 바란다.

유종인의 「축지도를 읽다」를 처음 대할 때 나는 적잖이 놀랐었다. 그의 시조들은 호방하고 섬세하며 날카로웠다. 특히 그 소재가 특이했다. 그러나 대상에 대한 인식이 피상적으로 끝났다면 흔히 등장하는 소재주의의 혐의를 벗어나기 어려웠을 것이다. 그런 의미에서 다섯째 수가 일구어낸 반성적 사유는 이 시조의 시적 성취에 크게 기여하였다. 나는 그때 이 시인에게 시조 쪽에 좀 더 애정을 가져줄 것을 당부했던 기억이 난다. 그 당부에 대한 판단은 시조를 사랑하는 독자들의 재량에 맡긴다.

11월 / 고동우

베인 가슴 틈 사이로 밀려나온 해진 날들

발 걸고 메어치는 시간의 돌부리에

삔 곳을 다시 삐곤 하는 허구한 날 여줄가리

—《시조문학》 2017년 여름호

■ ■ ■ ■ ■

　새해가 왔다고 부산을 떨던 때가 엊그제 같은데 벌써 열 달을 허드렛물처럼 쏟아버린 채 달력 앞에 앉았다. 다시는 어떤 목표를 세우거나 맹세 같은 건 하지 않으리라. 좁은 골목을 쓸쓸하게 걸어와야 했던 상처 많은 사람들에게 11월은 유난스레 견디기 어려운 트라우마가 있는 달이다. 이 작품이 부려놓은 '베인' '밀려나온' '해진' '메어치는' '삐곤 하는' '여줄가리' 등이 다 그런 어둠의 언어, 상처의 언어, 주변인의 언어들이다.

　대부분의 시인들이 11월을 이런 톤으로 노래해서 특별히 다르게 읽히는 작품을 찾아내기가 쉽지 않다. 그러나 이 시조는 충분히 개성적이고 아름답게 읽힐 수 있는 몇 가지 장점을 가지고 있다. 우선 구성면에서 빈틈이 없다. 읽어보면 볼수록 장과 장의 연결이 자연스럽고 시어들이 적당한 자리에서 자기의 색깔을 잘 드러내고 있다. 또 활용된 시어들은 모두가 순수한 우리말일 뿐 아니라 어조도 구어체다. 구어체는 부드럽고 리듬감을 느끼게 하는 데 효과적이다. 특히 주변적인 것을 대칭하기 위해 쓰인 '여줄가리'라는 말이 순수한 우리말로 적절한 자리에 놓여서 빛나고 있다. 단시조지만 어느 장편소설 못지않은 긴 서사를 머금고 있다.

꽃과 장물아비 / 김영순

봄이면 따라비오름
초여름엔 사려니숲
유채꽃 종랑꽃 찾아 벌통도 따라간다
이사에 이골 난 차를, 끌고 가는 유목의 피

나더러 장물아비라고?
미필적 고의라고?
나는 단지 벌통을 꽃 곁에 놓았을 뿐
꽃 속의 꿀을 훔친 건, 저들의 짓 분명하다

벌의 몸을 통과해야 꽃물이 꿀이 되듯
내 가슴을 관통한 저 못된 그리움아
좌판도 흥정도 없이
야매로 팔고 간다

—시집 『꽃과 장물아비』(고요아침, 2017)

야생의 삶, 야생의 언어들이 빚어낸 야생의 꽃밭이다. 그러나 표현은 야생의 그것처럼 거칠지만 속은 여리고 정직하다. 마치 보이시한 여자가 보여주는 의외의 순정적 표정처럼 꾸밈없는 언어를 툭, 툭 던져 독자의 감성에 닿게 하는 화법이 대단히 매력적이다.

그리고 실험적이라고 할 만큼 비시적 언어를 시어로 활용하는 특징도 보인다. '장물아비' '미필적 고의' '야매' 등이 그런 예라 할 수 있다. 연시조는 수마다 독립된 시조이면서도 같은 시제를 노래하기 때문에 연시조 특유의 구성미를 보여주어야 한다. 그런 면에서 첫수에서의 시적 상황과 풍경의 제시, 둘째 수의 의뭉하고 능청스러운 반문을 통한 전개, 셋째 수의 페이소스가 깔린 밀도 있는 서정적 시구로의 종결 등에서 이 작품은 예사롭지 않은 솜씨를 과시하고 있다. 마지막 수는 이 작품이 특히 연시로서 읽히게 하는 데 가장 공헌하고 있다. 기대되는 시인이다.

대서(大暑) / 정희경

몸 빨간 소쿠리에 푸른 사과 너덧 알

운촌시장 한길 가 뙤약볕에 나앉았다

온종일 누렇게 뜬 얼굴 기다림이 나른하다

단내 쫓던 초파리들 초점이 흐려진다

물기도 말라가고 아삭함도 지워지고

푸석한 몸뚱어리들 날이 함께 저문다

—《시작》 2017년 가을호

올해 여름은 너무나 더웠다. 지나고 보면 한마디로 이렇게 스케
치되는 일상일 뿐이다. 개인에 따라서는 죽고 싶을 만큼 가혹한 시
련이었다 해도 일상의 풍경을 극적으로 그려내기란 쉽지 않다. 그
러나 어떤 시인에겐 야단스런 색깔을 입히지 않고 연필화처럼 슬쩍
지나간 듯한 묘사인데도 두고두고 보고 싶은 느낌을 감상자에게
전하기도 한다.

그런 경우 평소 그 시인에 대한 신뢰 때문인 경우도 있고, 그가 지
닌 시풍의 유현한 깊이 때문인 경우도 있다. 인용한 작품이 그렇다.
잊지 못할 클라이맥스도 없이 일상적인 풍경을 담담히 그려내고 있
다. 그런데 감동적이다. 회화적인 묘사 그리고 일체의 불필요한 수
사 없이 나른한 무더위를 향해 응집되어 있는 집중의 힘이 그런 분
위기를 만들어준다. 적절한 감정의 통제 그리고 그가 빚어내는 지
적인 이미지들이 풍기고 있는 깊이가 이 시인의 특징이다.

거울 / 류미야

어떤 몸집 앞에서도 눈 하나 깜짝 않고
물러나면 저도 뒷걸음, 나아가면 맞선다
덧대는
감언 한 소절
미사여구도 없다

너무 맑은 물에는 깃드는 것 없다지만
허나 먼지 한 톨도 그 가슴은 품어서,
오가고 나드는 것 다
손님이고
주인이다

때로는 아니 본 듯 외면하고 싶다가도
차마 눈 감을 수, 눈멀 수도 없어서
부릅떠 세상 지키는

슬픈 시인의
눈이다

—《서정과현실》 2017년 하반기호

거울은 시적 대상으로 매력이 있다. 여러 가지 상상을 불러일으키기 때문이다. 그래서 많은 시인들이 즐겨 노래해 온 소재다. 많은 시인들이 노래해 온 거울을 시제로 해서 읽히는 시를 쓰기란 대단히 어렵다. 이런 경우 특히 남다른 시각이나 독특한 문체나 구성 능력이 필요하기 때문이다.

이 작품에서 거울은 세 가지 모습을 보여주고 있다. 첫째는 냉엄하리만치 대상을 사실적으로 보여준다는 것, 둘째는 자신이 주인 행세를 하지 않고 비춰지는 대상이 주인이 되게 한다는 것, 셋째로는 바로 비추고 비춰지는 대상을 주인이 되게 하는 거울과 시인의 눈이 같다는 관점이다. 이 작품이 시가 되게 하는 놀라운 비유는 세 번째 관점이다. 이런 탄탄한 구성 능력에도 불구하고 명확한 논리나 구성은 흔히 작자의 의도와 다르게 시가 아닌 다른 종류의 문장으로 흘러가는 경우가 더러 있다. 그만큼 시가 되게 하기 위해서는 어사(語辭)의 동원이 세심해야 한다. 이런 어려움을 헤치고 너무 야단스럽지도 않고 또 지나치게 소극적이지도 않은 수사의 품격이 힘을 보태어 이지적이고 절제 있는 또 다른 거울의 세계를 시인은 열어 보이고 있다.

그 겨울 변산반도 / 손영희

바람의 일대기를 마구 덧칠하는

화폭은 좌초한 배 한 척을 올리고

탄생의 비화를 엮어 절여놓은 항구들

어느 순간에 길을 잘못 들었을까

곰소에 염전은 없고 검은 실루엣만

사나운 청춘의 시기를 낙관처럼 찍고 있다

— 《시조21》 2017년 봄호

■ ■ ■ ■ ■

　화가 날 때 혹은 외로울 때 우리는 어떻게 하는가? 어떤 이는 종일 타악기를 두드리고, 어떤 이는 피아노를 치고, 어떤 이는 그림을 그리고, 어떤 이는 하염없이 술을 마신다. 이처럼 인생의 고개를 넘는 방법은 다양하다. 이 작품도 그런 고통의 단면을 그려낸 것이다.

　어느 겨울날 대책 없는 불운이 닥쳐서 혹은 걷잡을 수 없는 우울이 몰려와서 핸들을 잡고 변산반도를 향한다. 그 폭풍처럼 휘몰아치던 감정이 '바람의 일대기' '좌초한 배 한 척' '탄생의 비화' '항구' '검은 실루엣' '사나운 청춘의 시기'라는 극적인 스토리가 되어 시조라는 형식의 리듬 속에 담겨 있다. 한 땀 한 땀 수를 놓듯 건너간 붓끝이 열병처럼 겪어야 했던 청춘의 좌절과 방황을 섬세하고 역동적으로 그려낸 아름다운 작품이다. 물론 전체적으로 회색빛이다. 그러나 "사나운 청춘의 시기를 낙관처럼 찍고 있다"라는 종장의 메시지가 좌절과 방황을 떨치고 일어서려는 희망의 의지에 다름 아니며 이 작품을 떠받치고 있는 결구로서 손색이 없다.

젖은 신문 / 권영희

사건 사고 부고와 질타 신간과 신간 사이

활자 가득 묻어나는 위태로운 미래와

온종일 내가 던진 무관심에

젖어버린 너는

어머니가 세워둔 소금 자루 옆으로

한 장 외로움에 사무치게 머릴 박은 채

떠나간 독거노인처럼

비스듬히 걸려 있다.

—《창작21》 2017년 겨울호

■ ■ ■ ■

날마다 뉴스는 쏟아진다. 티브이, 라디오, 유튜브 등은 시시각각
으로 경천동지할 무서운 뉴스를 검은 오물처럼 쏟아낸다. 그래서 요
즘 사람들은 이 많은 뉴스를 어떻게 정리해서 소화해야 하는가에 고
민한다. 신문의 경우도 예외는 아니다. 젊은이들의 경우 신문 읽기
의 한 방법으로 필요한 기사만 인터넷으로 읽는다. 이 작품의 오브
제 역시 신문이고, "위태로운 미래"에 대한 기사로 가득한 이 신문은
그런 이유 때문(?)에 독자의 무관심으로 젖어 있는 신문이다.

"떠나간 독거노인처럼/비스듬히 걸려 있다." 둘째 수 종장이 그
려낸 이 풍경은 일차적으로는 나의 무관심에 젖은 신문의 사무치는
외로움의 표현이지만, 조금만 더 생각해보면 단절되고 고독한 우리
의 현실을 은유한 것이어서 가슴이 아려온다.

다소 관념적인 첫수의 시어들이 일상의 현실을 사생해내는 육성
들이라면, 둘째 수의 시어들은 비유적 묘사로 그러한 현실에 비치
는 시인의 성찰을 사생한다. 짧지만 짧지 않은 여운을 남긴다.

빨래판 / 김덕남

브라와 청바지가 뒤엉켜 돌아간다
젖은 숫자 눌러놓고 하프를 켜는 여자
금 간 손 엇박을 치며 빨래판을 긁는다

절은 때 씻는 하루 비벼대는 요철 속을
부르튼 물집들이 시나브로 터지는 밤
오그린 발칫잠에도 꿈속 길을 달린다

갸르릉 받은 소리 리듬을 타다 보면
헐거운 솔기 사이 얼핏 뵈는 푸른 하늘
옥탑방 바지랑대 세워
맑은 햇살 당긴다

—시집 『봄 탓이로다』(고요아침, 2017)

우리 사는 세상에서 흔히 경험할 수 있는 애 터지는 생활의 단면을 시조 리듬에 맞춰 재미있게 옮긴 작품이다. 그러나 물론 비가조로만 엮어놓은 그림은 아니다. 뒤엉키는 브라와 청바지, 비벼대는 요철, 물집, 오그린 발칫잠, 헐거운 솔기, 옥탑방 바지랑대 등이 그늘을 그리기 위한 장치라면 하프를 켜는 여자, 꿈속 길, 푸른 하늘, 맑은 햇살 등은 그것의 반대, 즉 빛을 그리기 위한 장치이다. 일종의 균형 감각이다.

　그리고 이 그림을 도식적으로 느끼지 않게 하기 위해 빨래와 관련된 일상의 모든 장면을 세세하게 또 때로는 익살스럽게 표현해놓았다. 그래서 애잔한 그림을 보면서도 미소를 지을 수가 있다. 정겹고 아름답고 지혜로운 생활시다.

머핀 / 정온유

너와 내가 마주 보며 모아둔 햇살들이
겹겹이 쌓여 있는 동그란 우주 안에
한 끼의 식사를 위해 아침이 환하다

시간과 시간이 마주 보는 식탁에서
어제와 오늘이 겹쳐지는 공간에
고소한 하루 시작이 식탁 위로 가득하다

—《공정한시인의사회》 2017년 11월호

머핀, 다시 불러보고픈 예쁜 빵의 이름이다. 늘어가는 우리나라 홀로족(族)들이 아침 식사대용으로 자주 이용한다고 한다. 좀 더 영양가를 높이기 위해 이 빵을 반으로 나누어 그 안에 햄이나 달걀, 치즈 등을 넣어서 구워 먹기도 하는데 이때 나누어진 빵이 단단하게 붙어 있지 않으면 내용물을 잘 간직할 수 없게 된다. 시인은 여기에 착안해서 이 작품을 썼는지도 모르겠다.

첫 수에서는 사랑의 이미저리를, 둘째 수에서는 개인적 삶에 대한 성찰을 근간으로 하는 이미저리를 밝고 긍정적으로 보여주고 있다. 그런 분위기에 맞게 동그란 우주와 환한 아침, 마주 보는 식탁, 고소한 하루가 운율의 마성에 실려 한결 조화롭고 따뜻하다.

관수동 백서 / 이남순

홍정에 정도 붙던 관수동 뒷골목에
굴삭기 덤프트럭 복병처럼 밀고 와서
반반한 인쇄공장을 느닷없이 걷어낸다

외화 뿌릴 고객님 납셨으니 물렀거라니
뉘신가, 우리 땅에 낯선 발을 방목하는 이
옹글게 건사해온 터에 호텔 말뚝 박을 줄이야

아세톤 신나 냄새 밥내라 믿어가며
요양원비, 학자금에 한눈판 적 없었는데
맞서볼 겨를도 없이 저 지천명 내몰린다.

　　　　　　　　　　　　　—시집 『그곳에 다녀왔다』(고요아침, 2017)

이윤 창출에만 혈안이 된 거대 자본에 함몰되고 있는 소상공인의 고통과 부조리한 현실을 질타하는 작품이다. 이러한 저항이 현실 변정에 기여하리라는 기대를 가지고 이 글을 쓰지는 않았으리라. 그러나 섣부른 기획이나 발전이라는 이름으로 자행되는 이러한 폭거에 쉽게 동의하고 묵인해서는 안 된다는 확실한 메시지를 이 시조는 보여준다. 그러면서도 공허한 관념적 주장이 아니라 일상적 삶에 구체성을 가지고 과장이나 감정의 늪에 빠지지 않는 점이 높이 살 만하다.

농경적 삶, 전통적인 가족 간의 화해와 갈등, 경상도 사투리를 활용해서 자신의 개성을 열어가고 있는 이 시인의 싸늘한 도시의 이면에 대한 천착은 소재 개발과 새로운 시세계의 확장이라는 측면에서 주시하고 격려할 만한 진척이 아닐 수 없다.

봄 리폼 / 서정화

바늘 끝에 실을 물고 시침하는 보슬비
실표 뜨기 점선 따라 가위로 재단하듯
도처에 처진 어깨들 솔기 터서 가봉한다

겹침 많은 굴곡에 얽혀 감긴 상처들
매만지고 보듬으면 주름도 꽃이 되는
이제 막 새 자켓 입은 봄이 성큼 걸어간다

—시집 『숲 도서관』(고요아침, 2017)

봄은 희망의 계절이다. 모든 봄이 희망의 표상일 순 없지만 대체로 많은 시인들은 추운 겨울을 건디고 나온 봄에게 이런 축하와 상찬의 언어로 노래하곤 한다. 봄 자체를 제목으로 하는 것이 식상하다고 생각한 시인은 봄 곁에 리폼이란 외래어를 붙여놓았다. 새롭게 꾸민 봄이라는 뜻에서일 것이다. 훨씬 더 신선해진 느낌이 든다.

그러나 이 작품의 가장 큰 매력은 아무래도 바느질과 관련된 언어를 동원해서 봄을 재미있게 묘사하고 있는 데 있다. 봄을 그리는 데도 순서가 있다. 서서히 윤곽을 드러내고 다시 더 섬세한 선으로 살아나게 하고 비로소 색깔을 입혀 완성시킨다. 이 과정을 '시침' '실표 뜨기' '점선 따라' '재단' '솔기 터서' '가봉' '꽃' '자켓'의 순서로 그려내 보인다. 한 작품에 이렇게 많은 가사용 낱말들이 모여 작품을 이루고 있다. 참신한 발상이 낳은 따뜻하고 신선한 봄의 찬가다.

스무 살의 사지선다(四枝選多) / 임채성

나가라 다 나가라
나가다가 다라나라

나라라 다 나라라
나라 나라 나라가라

가다가
다라나다가
나라가라 나라가

어디로 가야 할까
시험에 드는 날들

짓부릅뜬 두 눈에도 답은 당최 뵈지 않고

네거리 신호등 위로
붉은 해가 걸리네

—《시조시학》2017년 겨울호

일종의 실험시조다. 첫 수는 포멀리즘의 기법을 원용하고 있지만 시조의 형식을 깨뜨리지 않고 있다. 오히려 기호 속의 말들이 병든 정치와 판에 박힌 낡은 제도에 대한 신랄한 비판과 분노의 구호가 되고 있다. 둘째 수 역시 방향을 잡지 못한 채 방황하는 청춘들의 절망이 시니컬하게 노래되고 있다. 다변적인 느낌이 들지만 적절히 압축되어 있고 지나치게 열려 있는 듯하지만 균형을 잃지 않고 있다.

기존의 실험시조 대부분이 형식 파괴 쪽에 관심을 가져 독자의 호응을 받지 못한 점에 비해 이 작품은 성공적이다. 그러나 이 영광은 첫 번째 시도자만이 누릴 수 있는 특권이다. 임채성 시인은 사회적 발언이 강하지만 미적 장치에도 소홀히 하지 않는 좋은 시인이다.

중년 나이 / 노영임
―언제 한번

언제 한번 만나자
언제 한번 밥 먹자
늘 언제 한번으로 수인사 나누지만
누구도 묻지 않는다
그때가 언제인지

누구지?
이름조차 가물가물한 청첩장에서
꽃샘추위 들이닥치듯 찾아든 부고장까지
툭 하면 납기일 찍힌 고지서로 날아드는 걸

(부의) (축의) 봉투 들고 품앗이 나선 날
얼마만이야 호들갑 떨다 살며시 고명 얹듯
난 지금
바빠서 말야
언제 한번 또 보자

― 시집 『한 번쯤, 한 번쯤은』 (고요아침, 2017)

해가 바뀌고도 거리는 싸늘하다. 가슴은 조금 뚫리는 듯한데 경제 사정을 생각하면 오히려 더 우울해지는 느낌이다. 중년이란 가장 많은 짐을 지고 걸어가야 하는 인생의 나그네다. 사회생활도 하고, 가정도 꾸리고, 무거운 자녀 교육비도 대고, 부모도 봉양해야 하는 나이의 사람들이기 때문이다. 그래서 자신을 지켜보려고 비겁하게라도 빙판길을 이렇게 건너게 되는 것이다.

자폐적 상상력이 아니라 너무나 진솔한 일상의 고백 같은 시조라서 어떤 해석도 췌사가 되고 말 것 같다. 이런 작품을 읽으면 삶의 진정성 앞에 어떤 기교도 부질없음을 느끼게 된다. 전편을 이루는 소박한 서사가 가식 없는 표현과 함께하여 먹먹한 감동을 독자에게 선사하고 있다.

벌교 / 변현상

전라도
보성
벌교

저 갯벌이 종교다

날름
날름

주워먹는
꼬막은 구휼금이고

널배가 넓은 신전을
헌금도 없이
지나간다

—시집 『어머나, 어머나』(고요아침, 2016)

여행 스케치일까, 우연한 방문에서 얻은 시심을 작품으로 옮겨본 것일까? 생생한 한 폭의 그림이다. 이 정겨운 그림은 널배가 상기시키는 바의 치열한 생존 현장을 금방 신전으로 바꾸어놓는다. 구휼금이나 헌금은 그래서 더욱 살갑고 따스한 종교의 언어로 가슴에 스며든다.

이 단시조가 빚어내는 풍경들은 흔히 볼 수 있는 수사의 과잉이나 지나치게 의도적인 꾸밈이 없고 쉽게 읽혀서 좋다. 섬세한 행 배열도 그런 분위기를 고조시키는 데 일조하고 있다. 그러나 그 여운은 짧지 않다. 이 맑은 풍경이 읽는 독자의 경험에 따라 여러 가지 의미로 반추되기 때문이다.

손잡이 / 김영주

아끼던 손가방이 손잡이만 다 해졌다

내 살과 너의 살이 부대끼며 사는 동안

내민 손 받아주는 일

그 아픔을 몰랐다니

—《서정과현실》 2018년 상반기호

■ ■ ■ ■ ■

　원아들이 유치원에서 처음 옆 친구와 손을 잡는 모습을 보면 재미있다. 마음에 들지 않으면 얼른 손을 잡지 않고 장갑을 낀 뒤에 손을 잡는다. 그러나 손을 잡고 춤을 추기 시작하면 처음 행동과 다르게 기꺼이 서로 친구가 된다. 사회는 그런 것이다. 손과 손을 맞잡아야 결속이 되고 결속이 됨으로써 사회화가 이루어진다. 친구가 되는 것, 부부가 되는 것, 동지가 되는 것이 바로 이 작은 행동에서 출발한다.

　단시조는 대체로 작은 것을 노래해서 그 작은 것의 파도가 마침내 큰 의미에 닿을 때 감동을 주는 시다. 이 작품에서는 해진 손잡이를 보면서 새삼 그간의 관계를 회상하며 감사의 마음을 반추해낸다.

　간결하고 단정하지만 결코 가볍지 않은 놀라움을 사소한 현실에서 이끌어낸다.

현　대

시　조

산　책

제2부

도서관이 따라왔다 / 김진숙

보수동 책방골목 시집 한 권을 샀다
"부산진여자상업고등학교" 도서관이라 찍힌
삼십 년 대출된 시집을 삼천 원 주고 샀다

넘어지고 쓰러지고 때로는 훌쩍였을까
사춘기 문학소녀의 손때 묻은 치열함으로
시리게 밑줄 친 봄날 도서관이 따라왔다

바람 좋은 창밖으로 꽃 피듯 꽃이 지듯
무심히 가방에 담겨 반납되지 못한 시어들
그녀가 문득 다가와 사투리를 쏟아낸다

　　　　　　　　　　　　　　　—《시와문화》 2017년 여름호

■ ■ ■ ■ ■

억지스럽지 않은 추억의 호출이다. 우연히 산 시집 한 권에서 한 소녀의 생을 읽고 있다. 부산진여자상업고등학교 학생, 도서관 대출 시집, 보수동, 문학소녀, 사투리, 치열함⋯⋯.

이런 작품 속의 세계는 시집 한 권이 준 정보를 화자 스스로의 추억과 연결시켜 만들어낸 픽션 아닌 픽션이다. 따라서 이 서사는 이 시집 주인의 삶을 그려낸 것이기도 하지만 실은 화자 자신의 삶을 추억해서 만들어낸 그림에 더 가깝다. 그래서 자연스럽다. 여고 시절의 싱싱함이, 아름다움이, 한없는 그리움이, 혹은 기다림이 그 속에서 출렁거린다.

투명한 감수성과 정갈한 언어가 빚어낸 순정한 여고 시절의 기록이다.

집의 역사 / 김남규

아침은 언제나 역사적 사건이다
저녁은 이따금 사소한 일상이다
그 사이
누울 곳을 생각한다
월세처럼
오는 밤

같이 울 수 있는 사람을 찾는다
혼자 울 수 있는 시간을 찾는다
그 사이
웃을 곳을 생각한다
이자처럼
오는 비

─시집 『집 그리마』 (고요아침, 2016)

인간이 정착 생활을 시작하면서 집이 필요했을 것이다. 그때의 집은 오늘처럼 다양한 욕구 충족의 도구가 아니었을 것이다. 부의 척도가 되고 자본 증식의 수단이 되는 집이 아닌 단순한 집의 기능 때문이었을 것이다. 세상이 복잡해지고 인간의 욕망이 다양해져서 집은 이제 단순한 집이 아니라서 세상에는 집 때문에 많은 문제가 발생하기도 한다. 이 시인은 원초적 기능을 희구하는 집의 노래를 부르고 있다. 잠자고 사랑하고 자신의 감정을 편안하게 표현할 수 있는 자기만의 공간을 확보하고 싶어 하는 집의 노래를 부르고 있다. 그런 순수하고 단순한 욕망 앞에서도 월세나 이자와 같은 차용 자본의 부담을 걱정해야 한다. 이 우울한 노래는 화자만의 우울함이 아니기 때문에 독자와 함께 읽히는 우리 시대의 노래가 된다.

석류꽃 / 옥영숙

푸르고 푸른 유곽에 홍등을 걸어놓고

꽃대궁 뿌리마다
향낭을 차고 서서

뉘 올까 밤 이슥토록 신열을 삭히지 못하나

—시집『완전한 거짓말』(고요아침, 2016)

시인들에게 석류는 유달리 관심을 끄는 식물이다. 발레리의 명시도 있지만 특히 우리나라 시인들은 석류를 많이 노래했다. 율곡이 세 살 때 지었다는 '석류피리 쇄홍주(石榴皮裏 碎紅珠)'로부터 조운이나 이영도의 석류가 다 명시다. 그러나 석류꽃을 노래한 시는 그리 많지 않다. 그것도 유곽의 여인으로 이 꽃을 그린 시인을 나는 본 적이 없다. 그런 면에서 이 작품은 이색적이다. 주황의 꽃이 무르익어 가면 마침내 석류가 될 주머니가 생긴다. 그 주머니를 시인은 향낭이라고 부르고 있다. 그러면서도 숨 막히는 욕망의 높이를 신열에 담아놓았다. 과장에서 자유로우면서도 집중의 미학을 잃지 않는 개성적인 작품이다.

NO가다 / 이태정

하루 벌어 하루 먹고 사는 내 인생은 데모도
한 달에 절반이 데마찌로 허탕인 날
마음은 철근 덩어리 무게만큼 주저앉고

실속 없는 데나우시만 며칠째 이어지다
아침 하늘 먹구름이 공구리로 굳어지면
오늘도 비가 오려나, 일하러
NO가다

—《나래시조》 2017년 여름호

데모도, 데마찌, 데나우시, 공구리, 노가다······.

일제의 잔재가 그대로 남아 있는 막노동 시장의 현장 언어를 두 수의 시조 속에 살아있는 시어로 옮겨놓았다. 다분히 의도적인 배치지만 전연 어색하지 않다. 노동의 고달픔, 불경기, 빈부 격차, 전망 부재의 내일 등 우리 시대가 안고 있는 여러 문제들을 이 시어들이 다 머금고 있다. 아울러 어느 곳에서도 공감할 수 있는 현대시조의 시적 능력을 보여준다. 이태정은 〈전태일문학상〉 수상자답게 치열한 현장의식 또는 시대의식을 여러 작품에서 의미 있게 보여주고 있다. 그래서 우리 시조의 지평을 넓히는 데 크게 기여하고 있다.

지압판을 밟는 동안 / 박해성

다 늙은 냉장고가 앞 동에서 끌려 나온다
온 식구 먹여 살리느라 마디마디 골병든
그이는 이제 퇴출이다, 치워야 할 쓰레기다

두 남자가 달려들어 트럭 위에 그를 묶는다
누구라도 퇴화가 용서되지 않는 세상
요양원? 아니 아니지… 고물 집하장인가?

남의 일인 양 흘깃흘깃 빨간 양산이 지나가고
목이 긴 접시꽃이 체머리를 흔드는데
현상과 현장 사이로 여우비가 스쳐간다

멸종을 예감했는가, 백악기의 공룡처럼
유언도 없는 마지막을 그저 지켜보는 이
지구를 꾹꾹 밟는다 최선인 듯, 달관인 듯,

—《시산맥》 2017년 가을호

■ ■ ■ ■

　박해성 시인의 작품들은 대체로 스토리를 가지고 있다. 그 스토리가 평상적인 것인데도 그는 그 평상적인 스토리를 극화시킬 줄 안다. 그래서 울컥하는 격정을 가져다준다. 그 비밀은 무엇일까? 설사 누가 아무리 세심하게 관찰해도 그의 그런 시적 능력을 다 말할 수 없겠지만 궁금해지는 것은 사실이다.

　이 작품도 예외가 아니다. 오래된 냉장고를 치우는 일상적인 풍경을 그리며 은근히 초고속 고령사회에 진입한 우리 사회의 문제점을 건드린다. 평생 식구들을 위해 자신을 바쳤던 늙은 가족의 최후의 모습을 이 작품은 겹쳐 읽게 한다. 그 단순한 얘기를 극화시키기 위해 '골병든 뼈마디' '달려들어 묶는' '두 남자' '빨간 양산' '여우비' 등이 효과적으로 가세하고 있다. 이런 표현 능력이 그의 타고난 서사 능력이다. 예사롭지 않은 입심이다. 여기에서 제목은 또 얼마나 근사한가. 사자(死者)를 묻는 혈족들의 냉정함이거나 내일이 아니라고 방관하는 사람들의 운동하는 모습을 유추하게 하여 더욱 이 풍경을 비감하게 하고 있다. 시의 일차 대상에 충실하면서 자연스럽게 중의적 의미를 갖게 하는 그의 어사 동원 솜씨는 언제나 놀랍고 든든하다.

섬 / 박연옥

그리움 물살 되어
떠내려가는 마음 있다

외진 곳 파랗게
고개 드는 섬이 있다

가끔은
몰려온 별빛
자맥질로 놀다 가고

기억의 깊은 골짝
아득한 저 보랏빛

시간의 낡은 건반 위로 듣는 파도 소리

여자는 그 섬 하나를
가슴으로 품었다

—시집 『맑다』(고요아침, 2017)

■ ■ ■ ■

　더위가 계속되고 있다. 보름 넘게 비 한 방울 구경을 할 수가 없다. 이런 환경 속에 사는 사람이라면 누구나 바닷가나 어느 섬으로 떠나고 싶어질 것이다. 그래서 이 시인의 섬을 읽어 본다.

　편안하고 감미로운 시조다. 이 시조에서 섬은 두 개의 얼굴을 하고 있다. 그냥 섬일 수도 있고 마음의 섬일 수도 있다. 그리움의 물결이 닿고 싶은 종착역이 섬이라면 그 섬은 바로 사랑이거나 혹은 사랑하는 사람일 것이다. '별빛', '건반', '파도 소리' 등은 한 여자가 품고 싶은 섬을 낭만적으로 채색해준다. 시의 기능으로 카타르시스를 얘기한다면 이 무더운 여름에 옛사랑의 그림자가 어른거리는 이런 시조를 읽는 경우가 아닐까.

눈빛 유언 / 정지윤

중환자실, 링거 줄이 한 노인을 붙들고 있다
초점 없는 눈빛과 무거운 손짓으로
내놓은 모든 재산은 그의 삶보다 가볍다

보증금 삼천만 원 보조비 팔십만 원
어떠한 유언들이 이보다 조용할까
서글픈 눈빛에 담긴 유산들이 출렁인다

리어카에 실어 나른 그 많은 새벽들과
반지하 방으로 뛰어들던 고양이 울음
빈병이 많이 나오는 뒷골목의 풍경들…

기부하는 유언장에 눈도장을 찍는다
호흡기를 뗀 입가에 미소만 남겨두고
평생을 쥐고 살았던 고단한 손을 편다

—《시조미학》 2017년 여름호

■ ■ ■ ■ ■

인생은 얼마나 진중하면서도 또한 얼마나 가벼운가? 희랍의 철학자 디오게네스는 가난하지만 부끄러움이 없는 자족생활을 실천하였다. 일광욕을 하고 있을 때 알렉산더 대왕이 찾아와 소원을 물으니, 아무것도 필요 없으니 햇빛을 가리지 말고 비켜달라고 했다. 그리하여 알렉산더 대왕은 "내가 만약 왕이 아니라면 디오게네스가 되고 싶었을 것"이라고 말한 바 있다. 모든 것을 내려놓을 수 있을 때 모든 것에서 자유로워질 수 있다.

작품 속의 인물은 스스로 선택하여 가난하게 산 사람은 아니다. 그는 가진 것이 없어 헤매던 일생을 되돌아보며 모든 재산을 기부하고 떠난다. 마지막 숨을 거두며 지은 노환자의 미소는 무엇을 의미하는 것이었을까? 물론 그만이 알 것이다. 그러나 주먹을 펴면서 그렇게 소원했던 부(富)도 별것 아니라고 느끼며 안도한 마지막 해방의 표정이 아니었을까.

이 시조는 가난에서 벗어나고 싶어도 벗어나지 못한 채 생을 마감한 한 노인의 일생을 그려 보여 우리 삶의 고난과 외로움을 동시에 보여주고자 한다. 압축의 미학보단 자연스런 서사를 통해 생의 한 모서리를 정면으로 대면하게 하여 우리 사회가 안고 있는 다양한 문제점을 효과적으로 환기시킨다.

꽃댕강나무 / 박희정

너볏한 생각으로 해맑은 마음으로

너를 쓰고 읽는 일, 만지고 보듬는 일

남몰래 이름 새기며 첫 마음처럼 설렌다

가지는 꽃들 안고 꽃들은 가지 향해

무슨 궁리하려고 꽃받침까지 불러놓고

향기로 오밀조밀 엮어 순애보를 쓰는 걸까

'댕강' 꺾는다고 붙여진 이름이며

탁한 공기 맑게 해주는 순정한 너를 만나

속엣말 옹골차게 적으며 청춘이라 써도 될까

—《시와표현》 2017년 12월호

꽃댕강나무는 다산하는 아낙네처럼 가는 가지에 많은 꽃을 피운다. 그리고 작은 종 모양의 꽃에서 내뿜는 그윽한 향기는 숨 막히게 한다. 개화 기간도 비교적 긴 7월부터 12월까지다.

시인은 이 식물을 매개로 고전적 사랑을 노래하고 있다. 읽고 쓰는 일, 만지고 보듬는 일, 이름을 새기는 일, 향기로 엮어내는 오밀조밀한 순애보가 그렇다. 직설적 어사로 혹은 우격다짐으로 그려 보이는 요즈음의 나신 같은 사랑 노래가 솔직해 보이나 여운이 떨어지는 느낌인데 반해 「꽃댕강나무」는 우련하고 말씬하다. "너볏한" 마음을 전하고 싶은, "옹골찬" 청춘을 쓰고 싶은 연가(戀歌)가 다시 듣고 싶은 옛 노래처럼 가슴에 다가온다. 늘 새로움에 목마른 청개구리 독자의 별난 감성이 닿아 마음에 묻어둔 '사랑'을 슬쩍 꺼내보고 싶은 순간이다.

진아영* / 이숙경

턱 괴고 생각한다느니 한턱낸다는 말
그녀에겐 당찮은 슬픔의 관용어였지
씹어서 삼키지 못할 아픔이 우물거렸네

따뜻한 포유류의 둥근 턱이 사라진 뒤
어류의 아가미처럼 변해버린 입 언저리
죄 없는 사람이었다고 조아릴 틈 없었네

살아야 할 신념에 비할 바 없던 이념
오랜 총성 그 환청 무시로 관통하는
무명천 얼굴에 감싼 미안한 역사였네

---

*4·3 사건 당시 토벌대 총탄에 턱이 소실되어 평생 무명천으로 턱을 감싸고 살다
가신 할머니 이름.

—《한국동서문학》 2017년 봄호

역사는 늘 힘 있는 사람의 눈으로 기록되어지는 경우가 많다. 그리고 한 시대가 지나면 무관심 속에 희석되어 비중 없는 과거사로 전락되기 일쑤다. 4·3 사건 역시 이념의 깃발 아래 자행되어진 아직도 치유되지 못한 비극의 한 축이다. 결코 잊혀서는 안 될 이런 사건을 시화하여 실감 있게 독자에게 전달하기란 대단히 어려운 일이다. 우선 현장성의 부족, 시대의 변화, 독자의 관심도 부족 등으로 주목을 받기엔 불리한 여건이고 시조의 정형에 담아내는 일 또한 녹록지 않은 테마이다.

이 점을 잘 알고 있는 시인은 이 사건으로 말미암아 자신의 삶을 참혹한 유형처럼 살아갈 수밖에 없었던 한 개인에게 초점을 맞추어 직핍한 어조로 그려냄으로써 독자들에게 4·3의 아픔을 환기시키는 데 성공하고 있다. 특히 이 작품에서 "씹어서 삼키지 못한 아픔이 우물거렸네"나 "죄 없는 사람이었다고 조아릴 틈 없었네", 또는 "무명천 얼굴에 감싼 미안한 역사였네"가 보여주는 바와 같이 과하지도 모자라지도 않는 종장의 미학이 절창이 되게 하고 있다.

사군도* / 성국희
— 천경자 7

도시는 유리 상자, 모서리 진 유리 감옥
긴 꼬리 뒤엉킨 채 사람들이 갇혀 있다
세상 밖 코앞인데도 닿지 못한 저 몸서리

저마다 쳇바퀴에 멀미 앓던 삶이다가
붉은 혀 길게 빼고 꿈을 찾아 나서는 길
주르륵 미끄러져도 유리벽, 또 오른다

껍데기만 쌓여가는 축축한 생의 뒤란
위로 깊은 찔레향이 살갗에 와 닿으면
화려한 꽃 가시덤불, 가시마저 껴안는다

———————

*뱀들이 그려진 천경자의 작품(1969).

— 《시조 21》 2019년 봄호

■ ■ ■ ■

천경자는 꽃과 여인, 그리고 뱀의 화가라고 흔히 얘기한다. 1951
년 뱀으로 승화된 한(恨) 〈생태〉를 그린 이후 또다시 밀려든 절망을
극복하고자 1969년 원초적이고 강인한 생명력으로 표상되는 〈사군
도〉를 그렸다. 예술로써 한(恨)의 아름다움을 역설한 화가, 그런 그
녀의 그림을 시조에 담아보려는 시인의 노력은 오래되었고 치열하
다. 유리 상자 안에 뱀을 넣어두고 수없이 관찰하며 그린 화가처럼
그도 오랜 시간 천경자를 공부하고 상상하며 연작들을 쓰고 있다.

원작에서 느낄 수 있는 '현실적인 비애와 고통들' 그러나 그 아픔
을 애써 끌어안으려는 삶의 자세를 이 작품에서 읽을 수 있다. 결국
이 시조는 성국희의 창의력과 열정의 긍정적 결과이다. 그렇기 때문
에 가쁜 일상을 살아가는 오늘, 우리들의 삶에도 대입되는 처절한
언어의 그림이 될 수 있는 것이다. 특히 셋째 수가 보여주는 "축축
한 생의 뒤란"과 '살갗에 닿는 찔레향'과 '가시'는 현실과 이상의 간
극을 보여주기 위해 성국희가 그려낸 번뜩이는 이미지 군이다. 그의
연작들에게 독자들이 관심을 기울였으면 싶다.

미롱(媚弄)* / 정경화

헤프게 웃지 마라 그렇게 배웠거늘
눈멀었던 사랑이여 그 사랑을 버릴거나
그 붉던 혀를 잘라서 아버지께 바칠거나

아버지, 내 몸에는 당신 피가 흐르지 않아요
목중탈로 얼굴 가려 저잣거리 떠돌거나
품바의 가랑이 속에서 꽹과리를 칠거나

다 늙고 처진 어깨에 그예 봄은 왔소만
눈물이 피운 꽃에 꾀꼬리가 놀다 갈거나
무명(無名)을 허공에 흩어 금빛 미소 지을거나

―――――――

*춤의 절정에서 짓는 미소.

―《현대시학》 2018년 1, 2월호

격정이 흐르는 시조다. 거대한 감정의 파도가 부딪히는 소리가 곳곳에서 난다. 산같이 높은 스승인 아버지의 엄한 가르침, 그 가르침을 견디지 못하는 제자의 방황. 광란 같은 많은 방황 뒤에 드디어 도달한 그 예술의 한 경지, 봄은 왔지만 그는 이미 늙은 무명임을 확인한다. 그러나 그 확인은 그가 도달한 이룸을 증명하는 겸손한 시적 언술이다.

니체는 춤추는 별을 잉태하기 위해서는 스스로의 내면에 혼돈을 지녀야 한다는 명언을 남겼다. 이 작품은 니체가 말한 카오스를 거쳐서 마침내 그가 목표한 이룸에 도달한다. 그는 별이 되었다. 별은 이룸의 별칭일 뿐이다. 그 이룸을 획득하기 위해 지불해야 하는 고통과 인내의 중요성을 고양된 언어로 이 작품은 전해주고 있다.

가을 숲에 들다 / 김윤숙

다 비워 놓았다고 나를 이끈 시오름 숲
나뭇가지 받아든 햇살, 전해오는 온기에
두툼히 감싸 입은 옷 슬며시 벗어든다

코끝을 스치는 맵싸한 향기 뉘신지
빛바랜 추억 모두 단풍물 드는 여기
생각도 물웅덩이일까, 또 낙엽 떨어진다

아득한 숲길 돌아서면 저리도 환한 허공
벼린 잎처럼 아리던 그 이름 부질없어
단풍 든 물웅덩이에 내려 함께 스민다

—《제주시조》 2016년 25호

■ ■ ■ ■

가을이다. 쓸쓸하다. 소멸의 색깔과 향기는 그렇다. 그러나 슬프진 않다. 허공도 환하게 볼 줄 알고 아리던 이름도 애착을 놓을 수 있는 넉넉한 마음이 있어서이다.

그 모든 생명 있는 것들 다 단풍 들고 떨어져서 마침내 자연으로 돌아가는 것이 진리다.

이 풍경을 멍하니 보고 있으면, 나목들이 어른거리고 눈 내리는 겨울 풍경이 비치고 그다음 다시 태어날 봄 풍경까지 상상하게 된다. 오염 없는 서정시의 묘미랄까.

자화상 / 배경희

중심엔 겨울이 있어 바람이 많았다
힘들었던 그녀는 가끔씩 커튼을 걷고
세상을 바라보다가 혼자 밥을 먹었다

가벼운 낙엽들은 새라도 되려는지
한 번씩 부풀어서 올랐다 떨어졌다
존재는 무엇일까 하다 봄을 기다린다

그러나 다가오는 겨울의 찬 감정들
자신의 방향에 잠긴 바람의 뒷모습을
인생은 아무 말 없이 참 오래 서성인다

—《서정과현실》 2017년 상반기호

쓸쓸한 내면 풍경, 바로 오늘 우리들의 평범한 자화상이다. 거울에 비춰보아도 비춰지지 않는 것이 마음의 풍경이다. 따라서 이 풍경의 주인은 오로지 자신일 뿐이다. 봄을 느끼는 것도 가을을 느끼는 것도 겨울을 느끼는 것도 자신이다. 절망이나 권태나 소외는 결국 자신이 몸담은 사회와의 불화를 극복하지 못할 때 오는 감정이다. 이 시조는 그러한 감정의 극복을 위한 긍정적인 몸부림이다. 가을이 가고 겨울이 가고 새로 올 봄을 기다리는 모습은 그런 희망의 표현에 다름 아니다. 현대인의 고뇌는 늘 인생을 이렇게 방황하게 한다.

닻이 있는 풍경 / 김연미

가을이 지나가는 바닷가 둥근 안쪽

그 흔한 연줄도 없이 혼자 남은 닻 하나

기우뚱 바다 속으로 화살표를 꺾는다

닻 내린 지점을 어부는 잊었을까

파도의 호흡 아래로 드러났다 잠기는

쓸쓸한 풍경이 되어 녹이 슬어 가는 기억

빈 몸으로 살아도 아직 남은 부끄러움

계절마저 다 떠난 섭지코지 뒤편에서

바다의 얇은 이불을 끌어당기고 있었다

—《좋은시조》 2018년 봄호

닻은 누구였을까? 주인을 잃어버린 닻은 주인이 버린 닻이었을까? 잠시의 머무름을 위해 필요했던 닻이 필요 없을 만큼 어부의 생활은 바뀌었을까? 바다의 이불을 끌어당기고 있는 닻은 아직도 거기에 남아서 녹슬어 가고 있을까? 빈 몸으로 살아도 아직 부끄러움은 왜 남아 있을까? 남아 있다면 그 이유는 무엇일까?

이 작품은 독자에게 당대의 현실은 물론이거니와 삶의 근원까지 회의하게 하는 수많은 질문을 머금고 있다. 이 수많은 질문이 이 작품을 거듭 읽게 하고, 몇 번이고 창밖을 바라보게 하는 여운이 된다. 그리고 성격이 급한 사람이라면 내일 당장 섭지코지에 가기 위해 제주행 비행기 표를 구입해야 할 것 같은 충동을 느끼게 한다. 소외란 누구에게나 겪어본 적이 있는 가장 아픈 경험이기 때문이다. 낭만적인 느낌을 가졌음에도 마냥 낭만적일 수 없는 이유가 여기에 있다. 그래서 이 시조는 더욱 쓸쓸하다.

시간 밖에서 / 김정연

먼 우리

즈믄 해 건넌

바람인 걸 알고부터

숨결 마디 마디 청대를 심었습니다

깊은 밤

대숲 감도는

케나* 소리

당신인가요?

---

*잉카인들은 사랑하는 이가 죽으면 그 정강이뼈로 악기를 만들어 떠난 이가 그리
울 때마다 불었다고 한다.

—《열린시학》 2017년 여름호

■ ■ ■ ■ ■

　지금 시인은 어떤 사랑을 노래하는 것일까? 플라토닉 러브일까, 에로스일까, 아가페일까, 그 모든 것이 엉켜 있는 것일까. 그렇다. 그런 구분은 부질없는 짓이다. 보는 이의 느낌대로 읽으면 그만이다. 나는 지금 손 한번 잡지 못했으면서도 천년만년 사랑을 나누다 헤어진 연인의 애끓는 사랑 노래를 듣는다. 그 클라이맥스에 퀘나가 있다. 퀘나 소리는 환생한 사랑의 이미지다. 대를 심어 퀘나 소리를 기다리는 그런 순진무구한 사랑이 아직도 지구 어디엔가 살고 있을까. 그런 사랑이 옮겨 심을 수 있는 나무라면 얼마나 좋을까.

　순정한 사랑은 시공을 초월해서 인간이 느끼게 되는 가장 고귀한 감정이다. 이 단시조는 그런 사랑을 잘 담고 우리에게 그런 사랑을 꿈꾸게 한다.

빙폭(氷瀑) / 이서원

반골기질 민병들의 패기 같은 돌격으로

적의 본영을 향하던 푸른 말발굽 소리

낙하의 협곡을 만나 표표하게 서 있다

열국을 평정하던 뜨건 함성 잠시 멈춰

창검도 밀쳐두고 바람마저 재워두고

사기를 충천하는 양 전의를 다지는가

배수의 진을 치고 더는 밀릴 수 없어

전장을 뚫어질 듯 겨눠보는 눈빛으로

장대한 갑옷을 걸친 퇴각 잊은 영웅호걸

―《오늘의시조》 2018년 제12호

추운 겨울, 예기치 않은 어느 협곡에서 빙폭과 마주치는 일은 분명 놀라운 경험이다. 특히 시인들에게 빙폭은 시적 상상력을 자극하기에 충분한 오브제다. 그러나 대체로 많은 시들은 어떤 결기나 단호한 침묵의 이미지로 시를 빚곤 한다. 이 작품 또한 분위기 면에서는 크게 다르지 않다. 그러나 분명한 개성이 있다.

역사적 상상력이 작용하여 훨씬 구체적이고, 호쾌하고, 비장한 장면을 만들어내기 때문이다. 마치 사극의 한 장면을 보는 듯 리얼하다. 식상할 만큼 흔한 시도도 아니다. 어쩌면 우리 시대를 그려내는 듯 가볍지 않은 울림이 이 그림에 내재해 있기도 하다.

장미꽃 엄마 / 김정

장미꽃 넌출넌출
고개를 내밀고 있다

텅 빈 집 누가 올까
가시로 울을 치고

뜰 안을
넘보던 햇빛
숨죽이는 한낮에

한때는 울 엄마도
불꽃같은 장미였다

한 잎 한 잎 눈부셨던
빨간 루주 꽃잎 입술

바람이
다 훔쳐가고
휘인 등뼈 가시만

—《나래시조》 2016년 여름호

노인 문제는 어제 오늘의 일이 아니다. 이미 국가가 해결해야 할 중요한 과제로 머리를 앓고 있다. 경로사상이나 효의 정신도 많이 옅어졌다. 삭막한 세상이다.

가시울과 그 가시울을 타고 오르는 줄장미의 개화를 보며 시인은 루즈를 바르고 활발하게 가정을 꾸리시던 옛날 젊은 어머니와 휘인 등뼈의 늙은 오늘의 어머니를 동시에 연상시키고 있다. 특히 "바람이/다 훔쳐가고/휘인 등뼈 가시만"과 같은 절구가 독거노인 어머니의 모습을 잘 그리고 있다. 간결하고 진솔한 시조의 미학이란 이런 것이 아닐까.

방음벽 / 박미자

밤낮 웅웅거리는 차량들의 아우성

소리의 덩굴손이 벽을 타고 오른다

너와 나

불신의 경계

허물려고 하는지

—시집 『도시를 스캔하다』(동학사, 2018)

이 작품이 시로 읽히게 하는 데 크게 기여하고 있는 표현은 중장이다. 소음의 침투를 이미지화하는 솜씨가 두드러져 보이기 때문이다. 그러나 더 유의해야 할 묘미는 의미의 해석이다. 어느 열차 선로 근처의 주택을 소음으로부터 보호하기 위해 만들어진 방음벽을 보고 이렇게 썼다면 우선 좋은 시가 되기 어렵다. 너무 단순하고 뻔한 얘기이기 때문이다. 그래서 나는 정치 비판적 안목으로 이 작품을 읽고 싶다. 보수와 진보의 충돌이 유난스레 많은 이 나라에 방음벽이라도 있어서 서로 타협하고 이해의 폭을 넓히는 그런 장치는 없을까 하는 생각을 가지고 쓴 작품이라고 읽어 본다. 물론 이런 상상이 시인의 의도일 수도 있고 또 아닐 수도 있다.

정치에 관심이 많고 그래서 더 열정적인 이 땅의 사람들에게 이 시조가 함의하고 있는 은유적 메시지는 비판의 목소리이기도 하고 대안의 목소리이기도 하다. 바로 그 점이 이 시조의 매력이다.

청구영언을 읽다 / 이석수
―고배(高杯)처럼

그림자 깔고 앉아 도도하게 밤을 읽은

길의 지문 헤아리듯 등뼈 같은 문장도

몸얼굴* 곱살스럽게 별빛으로 돋아나고

누란의 마음 삼켜 보름달을 떠올리듯

덧씌워진 어둠 몇 장 후후후 불어내면

굽 아래 숨은 새떼가 푸드덕 살아난다

실금의 불면 속에 흐르는 물소리처럼

뒤척였던 꿈자리 짙푸르게 부둥켜안고

어즈버, 봄을 펼치는 빗살무늬의 시여

---

*몸통의 옛말.

―《오늘의 시조》 2017년 제11호

■ ■ ■ ■

　조선 영조 때 가인 김천택이 편찬한 『청구영언』은 현재 전해지는 가장 오래된 가곡 노랫말이다. 삶의 순간을 노래한 이 가집은 시조의 오늘을 있게 하는 데 가장 공헌한 서적이다. 이 중요한 가집을 제목으로 하여 쓴 시조다. 이런 오브제를 시화할 경우 근엄해지거나 관념에 빠지기 쉽다. 그래서 읽히는 작품을 만들기가 어렵다. 그런 점을 고려한다면 이 작품은 빼어난 이미지의 도움으로 놀라운 시적 분위기를 빚어내고 있다. 약간의 난해성도 느낄 수 있지만, 논설문에서 볼 수 있는 서사, 본사, 결사의 구성으로 짜인 이 세 수의 연시조는 부제를 적절히 활용하며 빚어내는 첫 수의 "길의 지문 헤아리듯 등뼈 같은 문장도"나 둘째 수의 "굽 아래 숨은 새떼가 푸드덕 살아난다"나 셋째 수의 "실금의 불면 속에 흐르는 물소리처럼"과 같은 문장들을 통해 시인의 시적 안목을 증명하고도 남음이 있다.

징검돌 / 이광

띄엄띄엄 이어놓아 물길을 끊지 않고
흐르는 물도 비켜 길 한쪽 내어준다

여울진 생을 앞서 간
그가 나를
부른다

—시집『바람이 사람 같다』(책만드는집, 2018)

■ ■ ■ ■ ■

주연 지망자가 많아서 시끄러운 세상이다. 그러나 좋은 세상이 되려면 조연이 더 많아야 한다. 조연이 많아지려면 조연의 미덕을 주목해주고 보살펴주는 사회적 시스템 또한 필요하다.

시인 이광은 조연의 역할을 주목해본 것 같다. 징검돌은 그런 미덕을 노래하기에 적당한 오브제다. 물은 물대로 흘러가게 하고 길은 길대로 만들어지게 하는 것, 양해와 상호 배려와 협조의 원리가 이 작은 단시조 안에 들어 있다. 특히 종장에서는 징검돌을 의인화해서 이 어려운 세상에서 스스로 길을 열어 화자를 안내하는 존재로 변용시켜놓았다.

몸 바쳐 이룬 평화의 모습으로, 훈훈한 인격으로 징검돌이 놓여 있다. 그런 상상이 시인의 인품처럼 스며든 가품이다.

문에 관한 단상 / 김보람

끝없이 닫히는 문처럼 시작할까

닫힌 방의 사물들은 무섭고도 아뜩하다

열면서 닫히는 것이 문들의 속성이다

새롭게 지우면서 익숙함을 세우는 문

읽히는 감정만이 전부는 아니다

달리는 속도를 가진 문들을 그려본다

아름다움은 무엇을 향해 환하게 열립니까

보지 않고 견디는 진심도 있습니다

입구가 서툰 몸짓으로 저를 활짝 펼칠 때

―《발견》 2018년 가을호

김보람의 시조들은 대체로 사변적이다. 그러나 오브제에 대한 그의 시적 언술이 적절하게 변신했을 때 독자에게 새로움과 놀라움을 선사할 수 있다. 답답한 동어반복의 시어, 뻔한 비유의 수사와 오래 사용되어온 종결어미들이 신춘 응모작까지 스며들었다고 느낄 때 변화와 발견의 눈을 기다리며 안타까워해온 사람들이 한둘이겠는가. 그러한 관점에서 바라보면 김보람은 귀한 자산이다. 그리고 이 작품은 그의 시조가 실험해온 가장 건강하고 균형 잡힌 아포리즘적인 표현의 아름다움에 닿아 있다. 문을 노래하지만 열림과 단힘의 균형이 필요한 것이 어디 문뿐이겠는가. 독자들에겐 문을 생각하다가 자신을 생각할 수 있고, 사랑을 생각하다가 정치를 생각할 수도 있다. 그러나 그 많은 사유의 범위가 초점 잡힌 이 정형시 속에 불편하지 않게 담겨 있다.

점화나무 아래서 / 유순덕

당신이 좋아하는 나무 아래 다 왔어요
나무를 껴안은 당신 안 보이는 눈을 뜨고
저기 먼 별빛을 따라 홀로 걷고 있나요

토독 톡톡 손 두드리며 나도 눈을 감아요
나무 점자 더듬으며 어디쯤 가고 있나요
게자리, 북극곰자리, 천칭자리, 큰곰자리

오늘 당신 양자리까지만 갔으면, 그랬으면
등 뒤 오누이에게 손 흔들며 돌아서나요
골목길 마중 나와선 내 목소리 보이나요

＊점화: 상대편 손등 쪽 손가락 마디를 눌러 대화하는 방식.

—《시조시학》 2018년 겨울호

■ ■ ■ ■ ■

'나무를 껴안'고 '안 보이는 눈을 뜨'는 남자와 그 남자의 안녕을 염려하는 여자는 연인일 것이다. 남자는 무한한 상상력으로 우주를 꿈꾸고 싶어 하고 여자는 그 꿈 이상으로 현실적 조건을 인식시키고 싶어 한다. 아름다운 사랑의 노래다. 여기서는 장애가 그들의 애틋한 사랑의 감정을 더욱 고양시킨다. 아울러 아기자기한 형용사와 동사, 명사들이 그려내는 섬세한 정경 묘사, 종결어미 "요"가 만들어내는 운문적 효과는 점화나무라는 상징적 공간에서 마주 보는 당신을 향해 물결치는 리듬이 되게 한다.

추락, 슬로모션 / 이중원

빗나간 박음질의 스테이플러 자국들이
인생이란 문서 위에 곰보처럼 남아 있어
제출은 꿈도 못 꾸고 휴지통에 가 꽂힐까

종잇날 닳아지고 뾰족한 귀 접히면서
치이며 밀리다가 마침내 펄럭펄럭
부러진 철심 조각을 가슴팍에 안는다

손때 묻은 지문만큼 꼬깃한 페이지여도
갱지처럼 바래져서 아름다운 이야기들
누구나 단 한 번만큼의 날아오른 찰나의

—《시와표현》 2016년 4월호

꿈꾸는 사람들에게 종이는 그냥 단순한 종이가 아니다. 그 속에 시가 쓰여 있건, 프로필이 쓰여 있건, 또 아니면 창업의 설계가 쓰여 있건 그 순간 종이는 그의 인생 전체의 무게일 수 있다. 그런 한 장 한 장을 스테이플러가 묶어준다. 따라서 스테이플러는 그지없이 중요한 꿈의 이음쇠다. 그런 과정이 잘못되었을 때 그 꿈의 종이들은 단순한 휴지가 되어 휴지통으로 추락하고 만다. 그 추락의 상처는 "부러진 철심 조각을 가슴팍에 안"아야 하는 것과 같이 쓰리다. 비록 뜻한 바를 이루지 못하고 파지가 되어 흩어졌다 해도 그 속에는 아름다운 이야기가 있다.

명료한 메시지를 담고 있지만 이 시의 문장은 기성 시인들의 문체만큼 다정하진 않다. 마치 신문기사 문장처럼 냉정한 보고서 같다. 이런 객관적 시선이 운문체로 길든 우리 시조 시단에 새로운 개성으로 자리하게 된다면 어떨까. '추락'이란 관념적 제목으로 사소한 일상에서 극적인 비극을 연출해내는 능력은 예사로운 도전이 아니다. 조사 운용 능력 등에서 묘를 발휘할 만큼 경험을 얻게 된다면 그가 차지할 귀한 자리가 생길 것으로 보인다.

겨울 판타지 / 김연희

덩그러니

홀로 남아

어두운 벽에 기대선

빈 삭정이 저 끝에 새파랗게

얼어붙은

동짓달,

너를 휘감아 당겨

못 박고 싶은

십이월

─《시조시학》 2016년 봄호

■ ■ ■ ■ ■

초현실적인 그림이다. "어두운 벽에 기대선/빈 삭정이" 그리고 "새 파랗게/얼어붙은/동짓달,"……. 여기서 어떤 비유를 억지로 읽어 내어 해석한다면 지나치게 부자연스러워질 것이다. 그만큼 이 작품은 열려 있다. 추운 12월의 이 빈 풍경 속에 독자 자신의 느낌으로 마음껏 채워서 감상해달라는 것이 시인의 의도인 동시에 이 작품의 매력이기 때문이다. 모든 시가 꼭 자신의 메시지를 독자에게 분명히 전해야 하는 것은 아니다. 아무것도 전하지 않는 것을 의도하는 시도 있다. 독자에게 그런 자유를 주는 시의 모습을 이 시조가 보여주고 있다. 그래서 참신하다. 그 느낌 때문에 비움으로 가득 찬 이 작품을 좋아한다.

다시, 접경이다 / 정혜숙

반쯤 비운 잔을 두고 우리는 일어섰다
서녘엔 일필휘지, 초서체의 간찰 한 통
마음이 다시 접경이다
꽃의 미간 어둡다

입술은 까칠해서 간혹 말을 잃어버려
완강한 어둠 속에 우두커니 되곤 한다
대체로 생은 미로 같고
모래언덕 바람 같다

찬바람에 속수무책 흩어지는 마른 잎
소식은 먼 데 있고 생각은 야위어서
별들의 푸른 필체에
밑줄을 긋는 저녁

—《오늘의 시조》 2017년 제11호

쉽게 소통하기 어려운 한 시대의 징후가 여러 이미지로 변주되어 있다. 얼른 읽어보면 다소 난해해 보이지만 거듭 읽고 되새겨보면 당대의 고통이나 권태 혹은 환멸을 드러내는 개성적인 이미지들이 각 수마다 활발한 활동을 하고 있다는 사실을 알 수 있다. 가령 첫 수의 "반쯤 비운 잔" "접경" "미간 어둡다", 둘째 수의 "입술은 까칠해서" "우두커니" "미로" "모래언덕 바람"이나 셋째 수의 "마른 잎" "소식은 먼 데 있고" "밑줄을 긋는 저녁" 등의 언어들이 그 예라 할 수 있다. 불온한 현실을 효과적으로 드러내는 이런 작품과 만날 때 우리는 시인의 새로운 시작 태도나 언어 구사 능력에 신뢰를 갖게 된다.

질경이 / 김종영

길은 비킬 수 없다
차라리 밟고 가라
소진한 희망들이 바닥에 쓰러져도
저항이 몸에 밴 유전자
사방으로 튀고 있다

밟히는 걸음마다
믿음의 흙을 다져
군홧발 밀어내고 피고 지는 그날처럼
오늘을 이끈 깃발이
초록으로 다시 선다

—시집 『탁란시대』(동학사, 2017)

■ ■ ■ ■

　자연을 자연 그대로 볼 수 없는 시인의 눈은 슬프다. 질경이가 보여주는 야생의 끈질긴 생명력은 생명력 그 자체로 찬사의 대상이지만 이 시인은 군홧발에 밟히던 민초들을 떠올린다. 일천한 우리나라의 민주주의의 역사를 생각하면 그런 회고가 오히려 자랑스러운 사건의 되새김이지만 자연을 자연 그대로 바라볼 수 있는 날이 빨리 왔으면 싶다. 이 작품은 그러한 분위기에 맞게 명령조의 단호한 종결어미와 건강하고 가쁜 호흡으로 긴장감을 견인하고 있다. 처절한 저항의 노래다.

점자 블록 / 윤경희

무심코 밟은 바닥이 누군가의 눈이었다

손을 내민 듯한 울퉁불퉁한 촉수였다

틈 사이 갇혀 있었던 누군가의 길이었다

—시집 『태양의 혀』 (도서출판 그루, 2016)

단 3행이지만 여기 사려 넣은 메시지는 적은 것이 아니다. 화자가 바닥을 밟고 있었다는 사실, 그것이 점자 블록이었다는 사실, 그것이 교감을 위해 내민 촉수였다는 사실, 그리고 그것이 길이라는 사실, 그리고 그 길은 틈 사이의 길이라는 사실, 그리고 갇혀 있었다는 사실. 실타래처럼 풀어헤쳐 보면 이렇게 많은 사연이 따라 나온다. 더구나 시조 또는 시라는 장르를 염두에 두면 이 사실들뿐만 아니라 어떤 다른 사실을 비유해서 표현하고 있을 수도 있다는 사실까지 헤아려야 한다. 그 다의미적인 대상을 이 작품은 어떤 내용상, 형식상의 불편함도 없이 다 안고 단아한 서정의 리듬으로 독자 앞에 섰다. 단시조의 매력이다.

슬픈 자화상 / 김영란
—나혜석을 다시 읽으며

꽃이 피었다 한들
그대 위해 핀 건 아니야
금지된 소망 앞에
슬픈 꽃말 피어난다고
세상에 맞춰 살라는
그런 말 하지 마
수없이 피고 지는
삶이 곧 사람인 걸
덧칠해도 더 불안한
세월은 마냥 붉고
한 시대 행간을 건너는
여자가 거기 있네

—《시조 21》 2018년 봄호

조선 최초의 페미니스트 나혜석을 노래하는 작품이다. 동경여자미술전문학교에서 서양화를 전공했고 여성 최초로 서울에서 유화 개인전을 연 화가인가 하면 《매일신보》에 만평을 연재했고 소설과 산문을 통해 여성적 자의식을 과감히 드러내는 문인이기도 했던 한 예술인의 생을 이 짧은 형식 속에 살려내는 작업이 쉽지는 않다. 결국 그의 삶의 단적인 특징을 효과적으로 표현하는 방법밖엔 없을 것이다. "금지된 소망"이나 "세상에 맞춰 살라는/그런 말 하지 마"와 같은 언술이 그래서 필요하다. 그러나 시적으로 빛나는 "수없이 피고 지는/삶이 곧 사람"이나 "덧칠해도 더 불안한/세월은 마냥 붉고/한 시대 행간을 건너는/여자가 거기 있네"라는 명구가 없었다면 이 작품 전체를 산문에서 시로 변용해내기는 어려웠을지도 모른다. 신선한 아포리즘처럼 독자의 가슴에 닿는 앞의 명구나 진부한 분위기를 새로운 영역으로 인도해낸 뒤의 아름다운 수사들이 처연하면서도 앞서 간 선각의 삶을 선명하게 환기시키며 오늘의 우리를 반성하게 한다.

고흐의 해바라기 / 신준희

사랑은 물결치는 무거운 꽃잎 한 장
흔들리는 눈빛 속에 타오르는 노란 태양
별 헤는 사이프러스가 강물 되어 흐른다

더는 애타지 말자 내 그림자 마르는 소리
작은 병실 거울 앞에 텅 빈 날개 버려두고
한 번도 꽃피운 적 없는 고요한 바람이 된다

—《시조미학》 2018년 가을호

이 시인은 인접 예술에 많은 관심을 보이고 있다. 《동아일보》 신춘문예 당선작에선 이중섭에 관한 작품을, 최근엔 최수진의 무용에 관한 작품을 썼다. 이 시조는 고흐의 그림을 대상으로 하고 있다. 고흐가 신선한 느낌을 주는 오브제는 아니다. 시인, 예술가들이 많이 다루었기 때문이다. 그러나 아직도 적지 않은 사람들은 그의 타오르는 듯한 그림을 사랑한다. 두 수로 된 이 시조는 해 뜰 때의 고흐와 해 질 무렵의 고흐를 나누어 그리고 있다. 고흐가 그의 동생 테오에게 보낸 편지 속에서 고백한 바와 같이 사이프러스 나무도 해바라기처럼 사랑했다. 물론 해바라기는 그의 기호이자 상징일 뿐 아니라 그의 내면적 원형이다.

일상에서 받은 가난과 실연 혹은 부조화의 상처를 그의 화폭 속에 용해시켰던 예술적 삶을, 그러나 그 열정 다 놓아버리며 마감했던 우울한 종말…… 그 빛과 그림자를 이 시조는 담담하게 환기시키고 있다.

고동우 2006년 《현대시조》 등단. 시조집 『끌림』

김영순 2013년 《영주신문》 신춘문예 당선. 시조집 『꽃과 장물아비』

정희경 2010년 《서정과현실》 등단. 시조집 『빛들의 저녁시간』 외

류미야 2015년 《유심》 등단. 시조집 『눈먼 말의 해변』

손영희 2003년 《매일신문》 신춘문예 당선. 시조집 『불룩한 의자』 외

권영희 2007년 《유심》 등단. 시집 『오독의 시간』 외

김덕남 2011년 《국제신문》 신춘문예 당선. 시조집 『변산바람꽃』 외

정온유 2004년 《중앙일보》 중앙신인문학상 당선. 시조집 『무릎』 외

이남순 2008년 《경남신문》 신춘문예 당선. 시조집 『민들레 편지』 외

서정화 2007년 백수 정완영 전국시조백일장 장원 등단. 시조집 『서이치에 기대다』 외

임채성 2008년 《서울신문》 신춘문예 당선. 시조집 『왼바라기』 외

노영임 2007년 《조선일보》 신춘문예 당선. 시조집 『한 번쯤, 한 번쯤은』 외

변현상 2007년 《나래시조》 등단. 시조집 『툭』 외

김영주 2009년 《유심》 등단. 시조집 『미안하다, 달』 외

김진숙 2006년 《제주작가》 등단. 시조집 『미스킴라일락』 외

김남규 2008년 《조선일보》 신춘문예 당선. 시조집 『밤만 사는 당신』 외

옥영숙 2000년 《매일신문》 신춘문예 당선. 시조집 『사라진 시』 외

이태정 2012년 《유심》 등단

박해성 2010년 《동아일보》 신춘문예 당선. 시조집 『판타지아, 발해』 외

박연옥 2006년 《중앙일보》 중앙신인문학상 당선. 시조집 『모음을 위하여』 외

정지윤 2016년 《동아일보》 신춘문예 당선

박희정 2002년 《서울신문》 신춘문예 당선. 시조집 『들꽃사전』 외

이숙경 2002년 《매일신문》 신춘문예 당선. 시조집 『파두』 외

성국희 2011년 《서울신문》 《농민신문》 신춘문예 당선. 시조집 『꽃의 문장』

정경화 2001년 《동아일보》 《농민신문》 신춘문예 당선. 시조집 『풀잎』 외

김윤숙 2000년 《열린시학》 등단. 시조집 『참빗살나무 근처』 외

배경희 2010년 《서울신문》 신춘문예 당선. 시조집 『흰색의 배후』

김연미 2009년 《연인》 등단. 시조집 『바다 쪽으로 피는 꽃』

김정연 2002년 《국제신문》 신춘문예 당선. 시조집 『꿈틀』

이서원 2008년 《부산일보》 신춘문예 당선. 시조집 『뫼창』 외

김 정 2004년 《현대시조》 등단. 시조집 『맨발로 온 여름』

박미자 2009년 《부산일보》 신춘문예 당선. 시조집 『도시를 스캔하다』 외

이석수 2014년 《서정과현실》 등단

이 광 2007년 《국제신문》 신춘문예 당선. 시조집 『바람이 사람 같다』 외

김보람 2008년 《중앙일보》 중앙신인문학상 당선. 시조집 『모든 날의 이튿날』 외

유순덕 2016년 《서울신문》 신춘문예 당선. 시조집 『구름 위의 구두』

이중원 2016년 《조선일보》 신춘문예 당선

김연희 2016년 《부산일보》 신춘문예 당선

정혜숙 2003년 《중앙일보》 중앙신인문학상 당선. 시조집 『앵남리 삽화』 외

김종영 2011년 《경남신문》 신춘문예 당선. 시조집 『탁란시대』

윤경희 2006년 《유심》 등단. 시조집 『태양의 혀』 외

김영란 2011년 《조선일보》 신춘문예 당선. 시조집 『꽃들의 수사(修辭)』

신준희 2018년 《동아일보》 신춘문예 당선

이 도서의 국립중앙도서관 출판시도서목록(CIP)은 서지정보유통지원시스템 홈페이지
(http://seoji.nl.go.kr)와 국가자료공동목록시스템(http://www.nl.go.kr/kolisnet)에서
이용하실 수 있습니다.(CIP제어번호: CIP2019032581)

2000년대 이후 한국 현대시조를 이끌어갈 59人

현대시조 산책

ⓒ이우걸

초판 1쇄 인쇄　2019년 8월 26일

초판 1쇄 발행　2019년 9월 2일

지은이　이우걸

펴낸이　고영

책임편집　서윤후

디자인　헤이존

펴낸곳　문학의전당

출판등록　제2017-000002호

주소　서울시 마포구 마포대로 11길 91, 3층

전화　02-852-1977　팩스　02-852-1978

전자우편　sbpoem@naver.com

ISBN　979-11-5896-432-0　03810